D1488211

Engaño feliz
Trish Morey

Bianca™

HARLEQUIN™

Editado por HARLEQUIN IBÉRICA, S.A.
Núñez de Balboa, 56
28001 Madrid

I.S.B.N.: 978-84-671-6616-3
Depósito legal: B-40755-2008
Editor responsable: Luis Pugni
Preimpresión y fotomecánica: M.T. Color & Diseño, S.L.
C/. Colquide, 6 portal 2 - 3º H. 28230 Las Rozas (Madrid)
Impresión y encuadernación: LITOGRAFÍA ROSÉS, S.A.
C/. Energía, 11. 08850 Gavá (Barcelona)
Fecha impresion para Argentina: 11.5.09
Distribuidor exclusivo para España: LOGISTA
Distribuidor para México: CODIPLYRSA
Distribuidores para Argentina: interior, BERTRAN, S.A.C. Vélez
Sársfield, 1950. Cap. Fed./ Buenos Aires y Gran Buenos Aires,
VACCARO SÁNCHEZ y Cía, S.A.
Distribuidor para Chile: DISTRIBUIDORA ALFA, S.A.

Capítulo 1

MAVERICK no podía soportar que le hicieran esperar.

Inquieto, se levantó de la silla, abrió de nuevo la puerta de su despacho y se asomó para ver si su secretaria había llegado.

No era así.

Su ordenador seguía apagado. Sobre la mesa, un reloj digital mostraba la hora con brillantes números rojos. Las nueve y cuarto.

¿Dónde se había metido? ¿Acaso era una especie de venganza por no haber accedido él a darle una semana de vacaciones? ¿O, simplemente, creía que él iba a estar en viaje de negocios toda la semana y se lo estaba tomando con calma?

En cualquier caso, si aquélla era su manera de comportarse cuando él estaba fuera, iba a llevarse su merecido. No estaba dispuesto a seguir pagándole tan generosamente como lo hacía para que ella se ausentara alegremente en horas de trabajo. Era una buena profesional, pero no estaba dispuesto a aceptarlo.

Con un gruñido, se dio la vuelta, entró de nuevo en su despacho dando un portazo y, furioso, se dejó caer en la silla desanudándose la corbata.

El asunto de Europa estaba a punto de cerrarse, y

había que redactar el contrato para Rogerson cuanto antes.

¿Dónde diablos se había metido?

¡Vaya mañana le esperaba!

Con la música de su iPod retumbándole en los oídos, Tegan Fielding salió del ascensor cuando las puertas se abrieron en la planta reservada a los ejecutivos. Aquél iba a ser su lugar de trabajo por una semana.

Observó con atención. Todo era exactamente como su hermana, Morgan, le había descrito. Sin mirar siquiera, sabía perfectamente que, si se dirigía a la izquierda, llegaría a la cocina, y, si lo hacía a la derecha, a los cuartos de baño. De frente, estaba el despacho del jefe de Morgan y la mesa donde su hermana trabajaba todos los días.

En realidad, a Tegan no le hacía falta saber todo con tanto detalle. No pensaba permanecer allí más de una semana ni encontrarse con el jefe de su hermana gemela.

Murmurando para sí, Tegan se dirigió de frente y, al llegar a la mesa de Morgan, dejó sobre ella el bolso y sacó un paquete nuevo de medias.

Su hermana, Morgan, le había prevenido varias veces contra la anciana que vivía cerca de la parada del autobús. Le había dicho que, sobre todo, tuviera cuidado con sus perros, pero Tegan no había llegado a imaginarse ni por un momento que aquellas dos fieras se lanzarían sobre ella nada más verla. Y, aunque pronto se habían olvidado de ella para atacar a otro pobre viandante despistado, las medias que se había puesto aquella mañana habían quedado destrozadas y su falda desgarrada.

Había tenido que regresar rápidamente a casa, cambiarse, volver a tomar el autobús poniendo especial cuidado en no volver a tropezarse con los dos monstruos, bajarse junto a la oficina de Morgan y comprar antes de entrar un par de medias nuevas.

Si Morgan estuviera allí en esos momentos, estaría de los nervios. Le había insistido en que, por encima de todo, no debía llegar tarde, ya que su jefe era un maniático de la puntualidad, un déspota con el dinero de sus empleados, según palabras de su hermana. Tegan se había esforzado todo lo posible por llegar a tiempo, pero le había sido imposible. De todos modos, ¿qué importaba, si el jefe de Morgan no iba a estar en toda la semana?

Tegan se sentó en la silla y sacó las medias de su envoltorio. Eran de seda, una locura que nunca habría cometido de no haber sido por las circunstancias en que había ocurrido todo. Además, estaba segura de que Morgan le compensaría con creces por el favor que le estaba haciendo.

Tegan sintió el suave tacto de la seda sobre sus manos. Después de haber estado trabajando tres años en campos de refugiados y de haber regresado para comprobar que era muy complicado encontrar trabajo, aquel momento estaba lleno de un placer contradictorio.

Pero, de un plumazo, apartó de sí aquel peligroso sentimiento de culpabilidad. Después de la mañana que había tenido, se lo merecía.

Antes de ponérselas, miró a su alrededor para comprobar que no había nadie cerca. Su hermana le había dicho que a aquella planta sólo se podía acceder con una cita previa. Eso significaba que, estando el jefe de Morgan en el otro lado del planeta, las posibilidades de encontrarse con alguien eran prácticamente nulas. Y eso era exactamente lo que Tegan quería.

Tras quitarse uno de los zapatos, Tegan se puso la media lentamente, comprobando que no hiciera ninguna arruga. Cuando llegó a la rodilla, se subió un poco la falda y estiró la media hasta llegar casi a la cintura.

¡Ni hechas a medida! Le quedaban perfectas.

Con la música llenándole de ritmo los oídos, Tegan alzó la pierna para verla mejor. Le encantaba el color dorado y cálido que la media le daba a su pierna. Al final, aquel día no iba a ser una pérdida de tiempo.

No había sido su intención mirar. Sólo se había levantado de su asiento al escuchar el sonido del ascensor y se había asomado a la puerta para ver si su secretaria se había dignado a aparecer. Pero, al ver aquella pierna interminable envuelta en seda, la furia que hasta entonces le había llenado la cabeza descendió por su cuerpo hasta llegar a un lugar muy distinto.

Se quedó quieto, admirando cómo alzaba la otra pierna e introducía en ella la media lentamente. ¿Quién podría haber imaginado que su eficiente secretaria, Morgan Fielding, escondía un tesoro tan increíble?

Aquel día, parecía muy distinta. Llevaba los dos

primeros botones de la blusa desabrochados, dejando al descubierto una suave piel tostada, y el pelo, en lugar de estar recogido en un práctico moño como siempre, se derramaba por sus hombros y su rostro, escapando de las horquillas que intentaban aprisionarlo.

Sin moverse, la vio levantarse de la silla y subirse un poco la falda para ver si las medias le quedaban bien.

¿Bien? Le quedaban más que bien.

¿Qué le había ocurrido a su secretaria?

¿Por qué, de repente, se estaba comportando de aquella forma? ¿Acaso aquél era un día especial para ella? ¿Iba a encontrarse con alguien?

De lo que estaba seguro era de que ese alguien no era él. Y pensar que otra persona iba a tocar esas piernas, recorrerlas de arriba abajo...

Era demasiado. Tenía que parar de pensar en ello. De tratarse de otra mujer, de haber ocurrido en otro momento, habría sido implacable, pero... Por amor de Dios, ¡era su secretaria! No debía mirar a una secretaria del modo en que estaba haciéndolo. Por muy atractiva que fuera. La historia con Tina le había escarmentado para toda la vida.

Aclarándose la voz, se acercó a ella sigilosamente.

—Cuando hayas acabado...

En el acto, su secretaria se dio la vuelta asustada, se bajó la falda apresuradamente y se quitó los auriculares de los oídos.

Estaba incómoda, de eso no había duda, y eso le satisfacía, pero seguro que su sorpresa no era nada en comparación con la que él se había llevado.

Pero, entonces, en lugar de reaccionar como él esperaba, mostrando su habitual pose de profesional eficiente y servicial, el color desapareció de su rostro y palideció por completo.

—¡Tú!

La exclamación había salido de sus labios de forma abrupta, casi como una acusación. Estaba fuera de sí, poniéndose los zapatos mientras intentaba guardar el equilibrio. Parecía tan avergonzada que daba la impresión de estar a punto de salir corriendo de allí.

—¿Y a quién esperabas? —preguntó él medio en broma—. ¿A la Inquisición española?

Tegan se mordió el labio inferior para intentar recuperar el control de sus nervios. Si le hubieran dado a elegir, habría preferido encontrarse con la Inquisición española sin dudarlo. ¡Cielo santo! Era James Maverick, toda Australia y medio mundo lo conocía. Desde que había regresado, tres semanas antes, se había encontrado constantemente con artículos sobre él en todas partes, desde las secciones de negocios hasta los ecos de sociedad.

¿Qué hacía él allí? ¿No se suponía…?

—Pero tú… —tartamudeó Tegan—. ¡Se supone que estás en Milán! —exclamó mirándolo fijamente, como si estuviera esperando que volviera a desaparecer por arte de magia.

Maverick dio la vuelta a la mesa y se acercó a ella.

Tenía unos ojos castaños que le inquietaban, que parecían tener el poder de acaparar todo el aire dentro de aquella sala. Su hermana le había dicho que era un déspota, el rey de los jefes tiranos. ¿Por qué no le había dicho también que era el jefe más atractivo de cuantos existían? ¿Es que no lo había notado? Su cuerpo radiaba testosterona como si fuera un campo magnético. Podía sentirla tan claramente como ver su camisa azul claro y sus pantalones blancos.

Con aquella mirada, aquel cabello oscuro y aquella pose, parecía el prototipo de pistolero irresistible de las películas del oeste. Ahora entendía por qué, en el mundo de los negocios, nadie le llamaba James, sino Maverick. Si se hubiera presentado allí con un sombrero negro de ala ancha y una pistola, no se habría sorprendido en absoluto.

–¡Sorpresa! –exclamó acercándose aún más–. Estoy aquí desde hace tiempo. Y ya veo que has llegado tarde. La próxima vez, por favor, vístete en tu casa.

–Tuve un contratiempo…

–Lo supongo.

–¡Apenas me ha dado tiempo a vestirme!

–Ya he podido comprobarlo.

–¡Has estado espiándome! –exclamó Tegan muerta de vergüenza.

–He estado esperándote –corrigió él señalando el reloj–. Llevo esperándote desde hace más de una hora y media.

–Lo siento… Pero, como se suponía que estabas de viaje, no pensé que fuera un problema muy grave si…

–¡Pues lo es! –exclamó mirándola a los ojos, como si hubiera querido dispararle con aquellas palabras–. Es un problema. Nunca se sabe cuándo puede surgir un imprevisto, y ha surgido. Giuseppe

Zeppa tuvo un ataque al corazón el sábado. Las negociaciones con Zeppabanca se han pospuesto indefinidamente. Eso significa que debemos apresurarnos, de lo contrario, Rogerson se pondrá nervioso y se lavará las manos en todo este asunto. De modo que, en cuanto estés preparada, ven a mi despacho con todo lo que haya sobre él. Tenemos mucho trabajo que hacer hoy.

–Pero… –intentó decir Tegan, casi suplicando.

¿Qué iba a hacer? Aquello no formaba parte del trato. Había aceptado hacerle aquel favor a su hermana creyendo que él estaría toda la semana fuera.

–Pero ¿qué? –replicó él abrasándola con la mirada, haciéndola sentir impotente, pequeña, insignificante.

¿Qué podía decirle? «¿Perdona, pero yo no soy quien tú crees?». ¿Cómo podía confesarle que no tenía ni idea de lo que le estaba pidiendo?

Tegan intentó tranquilizarse. Estaba claro que no podía decirle la verdad. De hacerlo, su hermana podría perder el trabajo.

Maverick no se había dado cuenta del engaño. Creía que ella era Morgan. ¿Por qué no hacer todo lo posible por salir de aquel imprevisto sin ser descubierta y apresurarse después a llamar a su hermana para que regresara cuanto antes?

Al fin y al cabo, ya había trabajado antes en una oficina. Sabía de sobra manejar un ordenador, una impresora y las herramientas habituales. Además, Morgan le había contado un par de cosas sobre el trabajo que hacía allí.

Tomando aire, aquel aire que parecía estar impregnado del olor intenso de la fragancia de él, decidió que no tenía otra opción que seguir representando aquella comedia. Debía hacerlo por su hermana. Debía trabajar con él durante los días que fueran necesarios, los días que tardara Morgan en regresar.

–No te preocupes –dijo Tegan–. Enseguida voy.

Capítulo 2

PONTE en contacto con Rogerson e intenta concertar una reunión para mañana a primera hora en su oficina.

Con las manos en los bolsillos, Maverick dictaba órdenes sin cesar mientras se paseaba de un lado a otro de la omnipresente pared de cristal, desde la que se divisaba la Costa Dorada.

Tegan se esforzaba en copiar todo lo que él decía y, al mismo tiempo, comprender aquel aluvión de información.

—Te refieres a Phil Rogerson, el director ejecutivo —murmuró para sí.

—Y asegúrate de que George Huntley acuda a la reunión —dijo Maverick asintiendo al comentario de Tegan—. Necesitamos que todos los implicados estén allí.

—George Huntley... El responsable del bufete Huntley&Jacques... —volvió a murmurar Tegan.

Había sido una idea excelente demorarse un par de minutos antes de entrar en el despacho de Maverick para ojear los documentos relativos a aquella operación. Gracias a la eficiencia de Morgan, que se había preocupado de dejar toda la información preparada antes de irse, Tegan había podido enterarse un poco del asunto que preocupaba tanto a Maverick.

–Cuando esté todo arreglado, quiero que envíes un ramo de flores a Giuseppe.

–¿Giuseppe? –preguntó Tegan sin saber a quién se refería, aunque el nombre le resultaba familiar.

–Giuseppe Zeppa –aclaró Maverick–. Averigua en qué hospital está ingresado y mándale las mejores flores que puedas encontrar.

¡Giuseppe! ¡Claro!

Era el italiano al que le había dado un ataque al corazón, el que había provocado aquella pequeña crisis, pillándola a ella desprevenida. Y no era que fuera culpa de él, por supuesto, sino de su hermana, que le había prometido que no tendría que hacer nada, sólo estar allí sentada y distraerse enviando correos electrónicos, pintándose las uñas... Lo que a ella le apeteciera. Si hubiera sabido lo que iba a ocurrir, si hubiera sabido que iba a tener que representar el papel de secretaria de James Maverick en una crisis financiera, se habría quedado repartiendo paquetes de comida en el centro de refugiados sin dudarlo.

Estaba tan absorta copiando las últimas instrucciones que le había dictado, tan absorta en sus propios pensamientos, maldiciendo el momento en que había entrado por la puerta de aquella oficina, que no se dio cuenta de que Maverick había dejado de hablar y la estaba mirando.

–¿Se puede saber qué te ocurre hoy? –preguntó él como si sospechara algo.

–Nada –contestó Tegan nerviosa–. ¿Por qué lo dices? –añadió apartándose un mechón de cabello del rostro.

–Porque no haces más que repetir todo lo que

digo. ¿Estás segura de que estás bien? Tienes la voz un poco distinta.

—Estoy bien, claro que estoy bien —se apresuró a responder—. Al menos, no soy consciente de que me pase nada raro.

—Entonces, ¿qué demonios te pasa?

—¡A mí no me pasa nada!

—Llevas toda la mañana comportándote de una forma muy extraña.

—¡Y tú llevas toda la mañana de un humor de perros!

Maverick guardó silencio.

No había hecho el menor gesto, pero era evidente que su comentario no le había sentado nada bien. Tenía el rostro lleno de tensión, y los hombros rígidos como una roca. Había dejado de parecer un pistolero del salvaje oeste. En aquel momento, mientras su figura se recortaba sobre el océano azul y el brillante cielo matutino, se había convertido, de repente, en un dios furioso. Y su furia estaba concentrada en una sola persona. En ella.

—¿Ah, sí? —dijo arqueando las cejas—. ¿He estado de mal humor toda la mañana?

Si todo lo que Morgan le había contado sobre él era cierto, seguramente no era cuestión de una mañana. Aquel hombre había nacido ya de mal humor. Tegan no estaba dispuesta a echar más leña al fuego.

—Bueno, al menos, desde que he llegado.

—Y muy tarde, por cierto.

—¿Disculpa? —preguntó Tegan mirándolo.

—Te recordaba que has llegado muy tarde. Tal vez, si hubieras llegado a tu hora, ahora mi humor sería otro.

Tegan miró su reloj. ¿Cuánto más iba a durar aquella pesadilla?

—¿Has quedado con alguien?

—¿Perdón?

—¿Tienes que ir a alguna parte? ¿A comer con alguien, quizá?

—No creo que sea asunto tuyo, pero había pensado comer aquí para no perder tiempo —respondió Tegan empezando a hartarse de la forma en que le estaba hablando—. Así haré penitencia por mis pecados.

Maverick volvió a mirarla con los ojos llenos de furia, pero se relajó al instante.

—Perfecto —apuntó finalmente dándose la vuelta—. Avísame en cuanto hayas hablado con Rogerson.

Pero Tegan no dijo nada. Se había quedado hipnotizada observando lo bien que le quedaban los pantalones, los músculos que se marcaban en su camisa, la asombrosa anchura de sus hombros. Era imposible imaginar a un hombre más perfecto que él.

—¿Algo más? —preguntó Maverick dándose la vuelta de repente.

La había visto. La había visto mirarlo embobada. Estaba como paralizada, como atada con cuerdas a la silla. ¿Qué le ocurría? ¿Es que no tenía ya suficientes complicaciones?

—No —contestó sonrojada mientras se levantaba de la silla—. Nada más.

Maverick la vio salir de su despacho. Las cosas empezaban a arrancar de nuevo, pero no estaba tranquilo. ¿Por qué había sentido una sensación de alivio al saber que su secretaria no había quedado con nadie para comer? ¿Qué le importaba a él eso?

Aquellas piernas interminables, aquellas medias brillantes…

¿Por qué se las había puesto? Si no había quedado a comer con nadie… ¿Tal vez tenía una cita para cenar? ¿Acaso la inesperada presencia de él allí le había echado a perder algún plan? Eso explicaría su actitud.

No es que le importara mucho. Sólo era curiosidad, nada más. Todo cuanto afectara a uno de sus empleados requería su atención. Si algo estaba afectando a su secretaria, tenía derecho a saberlo.

No había tiempo que perder.

Una vez que hubo repasado de nuevo toda la información, Tegan se lanzó a hacer llamadas siguiendo las instrucciones de Maverick. No podía cometer el más mínimo error.

Sin embargo, lo primero que había hecho, nada más sentarse, había sido enviarle un correo electrónico urgente a su hermana. El mensaje había sido bastante claro: *Llámame esta noche sin falta. Es urgente*. Morgan le había prometido comprobar su buzón de correo electrónico todos los días.

Aunque, en realidad, no había accedido a nada. Casi había sido una imposición.

–Me lo debes –había dicho Morgan–. Cuando papá enfermó, fui yo la que tuve que arreglármelas sola para cuidarle.

–¡Estaba enferma! –había exclamado Tegan defendiéndose–. Quería venir para ayudarte, pero no podía viajar en las condiciones en las que estaba.

–Eso no cambia el hecho de que fui yo la que

tuve que cargar con todo –había replicado Morgan, indiferente al comentario de Tegan–. Maverick insiste en que esté en la oficina, allí, sin hacer nada, sólo por si surge algo y me necesita. Vamos, Tegan, por favor, es lo menos que puedes hacer. Bryony es mi mejor amiga y se va a casar dentro de dos semanas. ¿Cómo voy a decirle a estas alturas que no puedo ser su dama de honor? ¿Con qué cara voy a decirle que ni siquiera puedo asistir?

–Es una semana entera. Nadie se va a tragar el engaño tanto tiempo.

–¿Por qué no? –había insistido Morgan–. Maverick estará en la otra punta del globo. Además, todos los que saben que tengo una hermana creen que sigues perdida por ahí, luchando contra el hambre en el mundo.

Tegan había intentado discutir con su hermana, hacerle ver que eran muchas las cosas que podían salir mal, que cualquier imprevisto podría echarlo todo abajo. Pero Morgan parecía muy segura de sí misma, parecía haber pensado en todo.

Además, por otra parte, Morgan tenía razón. Se lo debía. Había tenido que afrontar ella sola el ataque al corazón del padre de ambas mientras ella yacía inmóvil en un país africano, en un lugar apartado de todo contacto con la civilización, afectada por un extraño virus que le había hecho guardar cama durante más de dos meses.

Nunca se perdonaría haber llegado tarde, no haber podido dar el último adiós a su padre. Pero si había alguna manera de compensarlo, era haciéndole aquel favor a su hermana. El hecho de que Morgan estuviera aprovechándose de ella haciéndola sentir culpable no cambiaba en nada el fondo de la cuestión.

¿Quién podría haber imaginado que el viaje de Maverick iba a cancelarse?

Tenía que aguantar todo lo que pudiera, pero era necesario que Morgan regresara enseguida. En caso contrario, tarde o temprano, él lo descubriría.

—Pareces muy pensativa.

Tegan se asustó tanto al oír la voz de Maverick que, sin darse cuenta, tiró al suelo algunas carpetas que estaban amontonadas, llenando la mesa de papeles.

—¿Se sabe algo ya de Phil? —preguntó él dejando más carpetas llenas de papeles sobre el escritorio.

—Estoy esperando a que me confirme que puede mañana a las diez. Los abogados dicen que no tienen problema en asistir.

—Bien. Estaré fuera, tengo varias reuniones con algunos inversores. Llegaré tarde —dijo dirigiéndose a los ascensores.

—¿Qué quieres que haga con esto? —preguntó Tegan señalando las carpetas que Maverick le había dado.

—Lo que haces siempre. ¿Hay algún problema?

—No, no, ninguno —contestó con su mejor sonrisa mientras Maverick entraba en el ascensor.

Necesitaba una cerveza fría.

Por si la reunión no hubiera sido suficiente, la visita a la residencia de ancianos donde estaba su abuela había terminado por rematarlo. Había días en que la mujer estaba tranquila y era una delicia escuchar sus historias familiares sobre cómo había crecido allá en Montana. Otros, en cambio, era muy difícil soportarlo. Y aquél había sido uno de esos días.

Mientras conducía de regreso a la oficina, había pensado en llamar a alguien para cenar aquella noche. Pero, después de pensarlo con calma, había desechado la idea. En primer lugar, porque se suponía que estaba en viaje de negocios. Y, por otro lado, porque no quería que ninguna de sus amantes habituales llegara a pensar que le estaba dando un trato preferencial, que se estaba comprometiendo más de la cuenta.

De modo que había parado en un restaurante chino cercano a la oficina y había pedido algo de comida para llevar.

Mientras subía en el ascensor, repasó una vez más el asunto que le estaba dando dolores de cabeza aquel día. Phil Rogerson había estado de acuerdo con el proyecto hasta que el ataque al corazón de Giuseppe lo había dejado todo en el aire. No debía permitir que se volviera atrás. No podía permitir que Rogerson se desvinculara del trato. Debía atacar mientras el asunto estuviera aún caliente.

Las puertas se abrieron y entró en el vestíbulo de la planta donde estaba su despacho. No parecía haber nadie, pero no se detuvo a comprobarlo. Sólo podía pensar en tomarse esa cerveza tranquilamente.

Entonces, al abrir la puerta que daba a la sala donde estaba su despacho, se encontró con su peor pesadilla.

–¡Oh! –exclamó Tegan quitándose los auriculares–. No te oí llegar.

–Con eso puesto, no me extraña –dijo Maverick refiriéndose al iPod.

–Lo tenía muy bajito. Además, no había nadie.

En realidad, no le importaba en absoluto que estuviera escuchando música. Si aquella mañana no hubiera llevado los auriculares puestos, se habría dado cuenta de que él estaba en la oficina, y no habría tenido la oportunidad de asistir a aquel magnífico espectáculo que eran sus esculturales piernas, esas piernas en las que no había podido dejar de pensar en todo el día, esas piernas que no habían hecho más que obsesionarle.

¿Escondía bajo aquella ropa un cuerpo tan impresionante como sus piernas? ¿Cómo no se había dado cuenta de nada en el año y medio que llevaba trabajando para él? ¿Cómo no había observado el brillo de sus ojos?

–¿Qué estás haciendo aquí? –preguntó confuso.

–Trabajo aquí –contestó ella volviéndose para seguir trabajando.

–Pensé que ya te habrías ido a casa.

–Llegué tarde, ¿recuerdas? Estoy compensando el tiempo que perdí esta mañana.

Pero Maverick no estaba escuchando. Lo que hacía era mirar su boca, sus labios perfilados y sensuales que parecían estar invitándolo. Tenía que averiguar qué más secretos ocultaba su secretaria.

Ignorándole, Tegan tomó otra hoja de papel y la leyó detenidamente.

–Ya has trabajado en la hora de la comida –dijo Maverick acercándose a ella, sintiendo el embriagador aroma de su perfume y saboreándolo como si fuera vino.

Además, tenía el pelo distinto. Por lo general, Morgan lo llevaba siempre bien sujeto para que no se moviera ni un mechón de su sitio en todo el día. Sin embargo, aquel día, se había rebelado, parecía estar buscando su lugar, derramándose por sus hombros y su rostro.

–¿No has comido?

–He llegado tarde. Pensé que salir a comer sería imperdonable por mi parte –contestó Tegan con un toque de ironía en la voz.

¿Por qué se estaba sonrojando? ¿Por qué ni siquiera se había vuelto a mirarlo? No parecía estar furiosa, sino… nerviosa por su cercanía. ¿Qué creía ella que le iba a hacer? Sólo era su secretaria, por el amor de Dios.

Tegan dejó el documento que había estado leyendo sobre la mesa y empezó a teclear en el ordenador para hacer algunas anotaciones. Pero entonces, de repente, Maverick apagó la pantalla.

–¿Qué estás haciendo? ¡No he terminado!

–¿Y qué crees que estás haciendo tú?

–¿A ti qué te parece? ¿Que me estoy bañando?

Maverick palideció súbitamente sólo de pensarlo. La tentación de hacer una estupidez, como acercarse a ella todavía más y comprobar si aquellos labios eran tan sabrosos como parecían, era cada vez más peligrosa.

–Un baño… –murmuró Maverick–. Es una buena idea después del día de hoy.

Por un momento, creyó observar un destello en los ojos de ella, como si compartiera con él el mismo deseo.

–Lo siento –se disculpó Tegan–, no debí haber

dicho eso. Sólo estaba terminando algunas cosas antes de irme a casa.

–Qué extraño, siempre haces estas cosas nada más llegar.

–Ah… Bueno… –dudó Tegan intentando pensar una respuesta–. Sí, suelo hacerlo por la mañana. Pero, dado que he llegado tarde y ahora tenía tiempo libre, pensé en adelantar trabajo para mañana –mintió con la esperanza de que él se lo creyera–. De todas formas, se ha hecho muy tarde. Creo que me voy a ir a casa.

Tegan apagó el ordenador, metió sus cosas en el bolso y tomó el iPod de la mesa.

–Por cierto, Phil Rogerson confirmó la reunión de mañana –dijo sin mirarlo–. A las diez en su oficina. Los abogados también. Está todo arreglado. Buenas noches. Hasta mañana.

Estaba mirando cómo su secretaria se dirigía a los ascensores cuando se dio cuenta de que no quería cenar solo. Lo que quería era pasar la noche con aquella impresionante mujer.

–¡Morgan!

Su exclamación hizo que se detuviera, que tomara aire y que se diera la vuelta lentamente.

–¿Sí?

–Ven a cenar conmigo.

Capítulo 3

NO —RESPONDIÓ Tegan instintivamente. Inquieta, se dio la vuelta de nuevo, recorrió la distancia que la separaba de los ascensores y pulsó el botón con tanta fuerza que casi estuvo a punto de atravesar la pared.

De espaldas, sintió que él se acercaba despacio, llegaba hasta ella y posaba la mano en su cintura para detenerla.

—¿Eso es todo? —preguntó Maverick—. ¿Simplemente, no?

Incluso a través de la ropa, Tegan podía sentir el calor que desprendía la palma de su mano, amenazando con quebrantar su decisión de marcharse de allí a toda prisa.

—¿Qué pasa? —preguntó Tegan mirándolo, esforzándose en que no se notara el desasosiego que le producía su mano—. ¿No estás acostumbrado a que te digan que no?

—Has quedado con alguien, ¿verdad?

¿Se podía ser más arrogante? Maverick parecía ser de esa clase de personas convencidas de que una mujer sólo podía sentirse realizada en compañía de un hombre. Sobre todo cuando la compañía era él.

Tenía ganas de echarse a reír, pero el calor de la palma de su mano en la cintura de ella estaba quebrantando su firmeza. Debía controlarse antes de responder.

¿Y qué podía decirle? ¿Que tenía novio? En ese caso, Morgan tendría que asumir el engaño cuando regresara.

Tegan negó con la cabeza para no contribuir a hacer aquel engaño más grande todavía.

—¿Por qué no cenas conmigo entonces?

—No creo que sea una buena idea.

—No has comido en todo el día.

—Me tomé una manzana —apuntó Tegan nerviosa.

—Mmm… Seguro que estaba deliciosa… Pero no es suficiente.

—Y cenaré cuando llegue a casa.

—No, será mejor que cenes conmigo y luego te lleve a casa.

—Ya te he dicho que no me parece buena idea.

—¿Por qué no?

«Porque no soy quien tú crees que soy, porque sólo le hará las cosas más complicadas a Morgan», pensó Tegan.

—¡Porque no quiero! —exclamó finalmente, incapaz de encontrar una respuesta mejor—. No puedes obligarme.

—Sólo es una cena.

Ciertamente, parecía lo más inofensivo del mundo, pero dicho por él, mientras su mano fundía su sensatez con el calor de su masculinidad, era algo peligroso. Él hablaba de una cena, de una simple comida, pero lo que ella se imaginaba era otra cosa, lo que ella quería era otra cosa muy distinta. Si Maverick era capaz de hacerla sentir de aquella manera sólo con rozarle la cintura, ¿qué podría ocurrir si accedía a cenar con él?

Tenía que salir de allí antes de que él consiguiera convencerla.

—Quiero irme —dijo Tegan simulando una firmeza que, en realidad, no tenía.

Como si el cielo hubiera escuchado sus plegarias, el timbre del ascensor sonó y las puertas se abrieron.

Era su oportunidad.

Sin dudar un segundo, Tegan decidió entrar en el ascensor lo más rápidamente posible. Quería alejarse de él, de sus ojos, de aquella mano que le estaba quemando.

No esperaba que él cediera tan fácilmente, de modo que hizo un movimiento brusco para separarse de él, para que le soltara la cintura. Pero estaba tan nerviosa, que lo único que consiguió fue perder el equilibrio.

Y habría caído de bruces en el suelo de no haber sido porque él, haciendo gala de unos extraordinarios reflejos, la sujetó por el brazo, la atrajo hacia él y evitó que se cayera.

—¿Estás bien? —le murmuró al oído, rozándole el pelo con su pómulo y exhalando su respiración en la piel de ella.

Desorientada, Tegan tardó unos segundos en reaccionar. Su cuerpo estaba pegado con el de él, podía sentir su pecho, sus brazos, sus manos... Pero estaba tranquila. Su corazón latía con normalidad, los pulmones bombeaban aire al ritmo habitual...

—Gracias... —susurró finalmente.

Sintiéndose con fuerzas, Tegan intentó separarse de él. Sin embargo, al hacerlo, posó la mano sobre su pecho y sintió, durante unos segundos, su corazón latiendo apresuradamente. Lo miró, y cayó hechizada por aquellos ojos oscuros, profundos, llenos de energía, llenos de deseo.

No era a ella a quien deseaba, en realidad, sino a su hermana, a Morgan. Era con ella con quien quería estar.

Pero, en aquellos momentos, con los ojos de él mirando la boca de ella, eso no le importaba lo más mínimo. Maverick quería besar a Morgan, pero era ella, Tegan, quien iba a disfrutarlo, quien le iba a dejar hacerlo.

Cuando Maverick tomó su barbilla y le alzó levemente la cabeza, Tegan estaba ya tan entregada que abrió los labios sin darse cuenta de que las puertas del ascensor se estaban cerrando de nuevo, bloqueando su única vía de escape.

Pero ella ya no estaba pensando en escapar, sino en él. En que la besara.

Y, entonces, lo hizo. Primero suavemente, rozando apenas sus labios. Después, poco a poco, fue acercando su boca, hasta besarla apasionadamente, saboreando los labios de Tegan, acariciándole con la lengua.

Era imposible rechazarlo. Su cuerpo estaba siendo recorrido por estremecimientos que la sacudían como si fueran descargas eléctricas. Necesitaba sentirlo más cerca. Tegan lo rodeó con sus brazos y lo atrajo hacia ella. Empezó a recorrer el cuello de él con sus dedos, introduciéndolos por dentro del cuello de la camisa, repasando cada músculo, cada línea de aquel cuerpo escultural.

La respuesta de Maverick no se hizo esperar.

Pudo sentirla presionando contra su vientre. Estaba excitado. Y, percibirlo, darse cuenta de que era capaz de provocar algo así en un hombre como aquél, en James Maverick, hizo que ella también se excitara.

Por un instante, pensó que debía de estar loca, que aquélla era una aventura demasiado peligrosa, pero ya era demasiado tarde para echarse atrás, estaba cabalgando en una ola de deseo imparable, la sangre le hervía en las venas mientras Maverick recorría su cuello con la lengua en tanto sus manos se internaban dentro de su chaqueta buscando su vientre, su cintura, su trasero.

Sintió que ya nada podría detenerlo cuando Maverick le desabrochó los botones superiores de la blusa y, llevado por la urgencia, liberaba uno de sus senos de la prisión del sujetador. Lo sostuvo con la mano, acariciándolo, endureciéndolo…

—Me has vuelto loco todo el día, ¿lo sabes? —dijo él sin dejar de tocarla.

Sus palabras atravesaron todo su cuerpo. Se sentía incapaz de responderle, de articular más de dos palabras que tuvieran sentido. Pero no hizo falta, porque él volvió a besarla y los labios de ella le dieron la respuesta.

—¿Sabes cuánto te deseo? —volvió a decir él.

Tegan sintió un escalofrío. De alguna manera, recordó que aquello no era buena idea. Las cosas habían ido demasiado lejos.

—Maverick…

—Quédate conmigo esta noche.

Aquello era una locura, pero la tentación de aceptar su propuesta era tan fuerte…

–No creo que…

–¡No pienses! –exclamó Maverick–. ¡Siente! Haz el amor conmigo toda la noche, Morgan.

«¡Morgan!».

Escuchar el nombre de su hermana fue como un jarro de agua fría. Maverick creía que estaba besando a su secretaria, a Morgan. Quería hacer el amor con su hermana. Todo era una enorme mentira. ¿Cómo iba a ser capaz de acostarse con él y seguir con aquella farsa?

No era posible. Nunca le habían gustado las relaciones de una noche, el sexo fortuito. Y, aquello, no sólo era fortuito, sino complicado y peligroso.

Tenía que detenerlo. Su hermana iba a ser la primera en agradecérselo.

–De verdad, tengo que irme –protestó intentando separarse de él con una mano mientras con la otra buscaba a tientas el botón para llamar de nuevo al ascensor.

–¡Pero no quieres irte! –insistió Maverick–. Lo deseas tanto como yo.

–¡Tengo que irme! –repitió Tegan pulsando el botón–. Espero una llamada.

Aunque Maverick debía de estar pensando que aquello era sólo una excusa para escapar, en realidad era cierto.

–¿Por qué no lo has dicho antes? Venga, te llevo a casa.

–No –contestó ella con firmeza, incapaz de seguir al lado de aquel hombre por más tiempo–. No hace falta.

–Así podremos hablar.

–No hay nada de qué hablar.

–De modo que… prefieres huir.

El timbre anunció la llegada del ascensor y Tegan, sin dejar de mirarlo, retrocedió poco a poco para entrar en cuanto se abrieran las puertas sin tropezarse de nuevo.

–Ya te dije que cenar juntos no era una buena idea –dijo ella–. Lo que acaba de ocurrir es todavía peor.

Las puertas se abrieron y Tegan, abrochándose los botones de la blusa, entró lentamente en el ascensor con una sensación de alivio. Pulsó el botón de la planta baja y, durante unos breves segundos que parecieron una eternidad, ambos se miraron fijamente.

En cuanto las puertas se cerraron, Maverick recobró el control de sí mismo. ¿Qué demonios había ocurrido? ¿Cómo se había dejado llevar así? ¡Era su secretaria! ¿Cómo había conseguido la visión de unas simples piernas, por muy bellas que fueran, hacerle perder la sensatez?

Ajustándose el nudo de la corbata, Maverick se dio la vuelta para dirigirse a su despacho. No eran sólo unas piernas. Eran sus ojos, su cuerpo, todo.

¿Qué había conseguido convertir a su secretaria en un volcán sexual tan intenso?

Tenía que descubrirlo.

Cuando abrió la puerta de su apartamento, Tegan oyó el timbre del teléfono. Nerviosa, tiró el bolso, las llaves y la chaqueta al suelo, y corrió hacia donde estaba el auricular.

–¡Morgan! –exclamó.

Nadie respondió al otro lado.

—¿Eres tú, Morgan?

Entonces, palideció.

¿Qué había hecho? ¿Cómo había podido cometer un error así?

—Maverick… ¿Qué ocurre?

—¿Pasa algo?

—Acabo de llegar —contestó derrumbándose en el sillón—. Estoy sin respiración.

—¿Ahora? Deberías haber dejado que te llevara a casa.

—Gracias, pero es mejor así. ¿Necesitas algo?

—Sólo llamaba para asegurarme de que habías llegado bien.

—He llegado bien, gracias por preocuparte —dijo Tegan.

—Morgan, respecto a lo que ha pasado hace un rato…

—Gracias por llamar —lo interrumpió Tegan—. Pero, si te parece, lo mejor será olvidarlo todo.

Y colgó el teléfono.

Nadie le colgaba el teléfono a James Maverick. Ni los directores de las grandes compañías, ni los acreedores más furiosos… y mucho menos, su secretaria.

Contuvo el impulso de tomar el auricular, llamar de nuevo y decirle cuatro cosas. No debía actuar llevado por la furia o el resentimiento.

Además, bien mirado, la chica le estaba haciendo un favor. Morgan era su secretaria, y él siempre se había mantenido alejado de cualquier miembro de su personal. Era una norma no escrita que debía ser cumplida. Lo que le había pasado con Tina le había demostrado que era necesario evitarlo a toda costa.

Maverick respiró profundamente. Aquellos últimos días habían sido desastrosos. El ataque al corazón de Giuseppe, la cancelación de la reunión, el extraño comportamiento de su secretaria…

Debía retomar el control de los acontecimientos. Al día siguiente se reuniría con Rogerson y le convencería de seguir adelante. Sólo hacía falta esperar un poco a que Zeppabanca se recuperara. Por otro lado, su secretaria tendría toda la noche para descansar y enterrar el extraño carácter que había mostrado durante todo el día. Todo volvería a la normalidad y él sería otra vez el mismo de siempre.

Capítulo 4

¡TIGGY! ¿Cómo estás?

Tegan respiró aliviada al oír la voz de su hermana al otro lado del teléfono.

—¡Morgan! Esto es un desastre. Tienes que regresar enseguida.

—¿Por qué? ¿Qué ha ocurrido?

—Maverick, eso es lo que ha ocurrido.

—¿Qué quieres decir? Está en Milán, estará allí toda la semana. ¿A qué te refieres?

—Giuseppe Zeppa sufrió un ataque. El asunto de Zeppabanca se ha parado, al menos de momento. Y Maverick… está aquí.

—¡Cielo santo! ¿Qué ha pasado?

—Ya te lo he dicho, un desastre. Tienes que volver cuanto antes.

—¿Quieres decir que lo sabe?

—Sabe que algo raro está ocurriendo.

—Pero todavía no se ha dado cuenta del engaño, ¿verdad?

—No, todavía no, pero… ¿es que no te parece suficientemente grave que haya regresado? No puedo seguir con esto, Morgan. Aceptar fue una locura, pero con él aquí es imposible. Imposible.

—Pero… ¡La boda de Bryony es mañana! No puedo irme ahora.

–¿Por qué? ¿Por qué tenía que casarse un martes y hacerlo en Hawái? ¿No podía hacerlo en la iglesia de su barrio como todo el mundo?

–Ya la conoces, le gusta ser diferente. Va a ser una boda increíble. Muchas gracias por hacerme este favor, gracias a ti puedo estar aquí.

–¡Deja ya de darme las gracias! No puedes dejarme sola de esta manera. ¡No con Maverick aquí! No puede salir bien.

–¡Eh! Me lo prometiste, ¿recuerdas?

–Eso fue porque creí que él no estaría aquí. Pero todo ha cambiado. ¿Es que no te das cuenta de que no puede salir bien? ¿No ves que es necesario que vuelvas?

Al otro lado del teléfono no se escuchaba nada, sólo un silencio desolador.

–¿Morgan?

–Sí, hermanita, aquí estoy. Sólo estaba pensando. Mira, incluso si tomara el primer vuelo mañana por la mañana, no llegaría ahí hasta el miércoles.

–¿Y?

–Eso quiere decir que, al menos, tendrás que seguir con todo esto dos días más.

–¡Dos días!

–Mira, si estuvisteis juntos todo el día y no se dio cuenta de nada, las probabilidades de que...

–¿De qué? ¿Qué te hace pensar que no se dará cuenta de todo mañana?

–Hoy has hecho lo más difícil. Mañana será, simplemente, un día más para él.

–Pero... estarás aquí el miércoles, ¿verdad?

–Tiggy, si puedes aguantarlo dos días, ¿por qué te es tan difícil hacerlo una semana?

—¡No! ¡Tú no lo entiendes! ¡No puedo trabajar con él!

—Sé que a veces puede ser una persona difícil y exigente, pero tú puedes hacerlo, sé que puedes.

—Morgan, no es el trabajo lo que me preocupa.

Tegan volvió a escuchar de nuevo aquel incómodo silencio.

—¿Morgan?

—¿Qué quieres decir? —preguntó finalmente su hermana.

—Siempre que me hablabas de él, me decías lo terrible que era trabajar con él. Déjame hacerte una pregunta un poco tonta, ¿alguna vez te pidió salir con él?

—¿Salir con él? ¿Estás bromeando? Maverick nunca dejaría que le vieran con su secretaria. Me lo dejó muy claro desde el primer día. Me advirtió que me despediría en el acto en cuanto intentara algo con él. Además, a mí me pareció bien, no es mi tipo.

—¿Quieres decir que nunca ha mostrado el más mínimo interés en ti?

—Por supuesto que no. ¿Qué pasa? ¿Es que te ha hecho proposiciones o algo así?

Tegan siempre había sido sincera con su hermana. Pero, en aquella ocasión, no podía decirle toda la verdad.

—Bueno… Algo así.

—Pues no te preocupes, olvídalo. Para Maverick, no liarse con su secretaria es como un mandamiento escrito a fuego. Según parece, hace años se dejó llevar, la historia acabó muy mal y se prometió que nunca volvería a caer en el mismo error. De modo que, hermanita, puedes estar tranquila. No sé lo que ha pasado, pero seguro que lo has exagerado.

«Si tu supieras…», pensó Tegan.

Sin embargo, si lo que había dicho su hermana era cierto, en aquellos momentos, Maverick seguramente estaría arrepintiéndose tanto como ella de lo que había sucedido. Tal vez por eso la había llamado por teléfono, para disculparse y prometerle que no volvería a pasar.

¡Y ella le había colgado! Bueno, al menos eso le haría entrar en razón y le demostraría que ella no estaba dispuesta a que volviera a ocurrir.

Tegan dejó que su hermana parloteara durante un rato sobre la boda, el tiempo y el paisaje de Hawái. No podía obligar a su hermana a renunciar a todo eso. Después de todo lo que había hecho, lo que había luchado por el padre de ambas, se lo merecía.

¿Por qué no había sido James Maverick capaz de verlo igual que ella? De haberlo hecho, le habría dado a su hermana aquella maldita semana de vacaciones y Tegan no habría tenido ningún problema.

Cuando, a la mañana siguiente, Maverick llegó a la oficina, Tegan ya estaba allí.

—Buenos días —le saludó ella sin mirarlo, tecleando en su ordenador impasible.

Pero a él no le importó. Si ella estaba dispuesta a olvidar lo que había ocurrido el día anterior, a él le parecía más que bien.

Entró en su despacho, se sentó y observó durante unos minutos la bahía.

—Perdón, ¿interrumpo?

–No –contestó dándose la vuelta y viendo que era su secretaria.

–Aquí está la agenda de hoy y el correo –dijo Tegan dejando un montón de sobres en su escritorio.

Maverick observó a su secretaria. Había vuelto de nuevo a sus trajes sobrios y horriblemente profesionales, ésos que ocultaban las curvas que él sabía que ella tenía.

–Morgan, asegúrate de que la gente de Rogerson tenga una copia de esto antes de la reunión –dijo señalando un informe–. Por cierto, necesitaré que vengas conmigo para tomar algunas notas. ¿Puedes estar lista dentro de una hora?

–Por supuesto –contestó ella muy seria antes de salir del despacho.

Era un alivio que su secretaria hubiera rectificado en su actitud y hubiera vuelto a ser la eficiencia y la profesionalidad personificadas. El traje que se había puesto y su actitud eran un mensaje evidente hacia él, un mensaje indicando que se mantuviera a distancia.

Y eso era, exactamente, lo que él iba a hacer.

–Rogerson se las sabe todas –dijo Maverick mientras conducía su Mercedes SLK negro descapotable por la autopista de la bahía–. Es de la vieja escuela. Ya antes de que le diera el ataque a Giuseppe no las tenía todas consigo. Ahora mismo debe de estar completamente a la defensiva. Debemos darle algo, algo que le dé seguridad.

Sentada en el asiento del acompañante, Tegan veía pasar los edificios a toda velocidad mientras el olor de los asientos de cuero y el perfume masculino de Maverick se mezclaban para dibujar frente a ella la imagen de un hombre atractivo, poderoso y rebosante de testosterona. Era una combinación explosiva y peligrosa.

Pero ella se había propuesto que nada de aquello le afectara. Tenía que cumplir con su papel de secretaria y preocuparse únicamente del trabajo.

–¿Y qué sucederá si Rogerson no está por la labor? –preguntó Tegan observando el paisaje para no tener que mirarle a los ojos–. ¿Y si accede pero el proyecto de Zeppabanca no sale?

–Saldrá adelante, estoy seguro. Pero Rogerson tiene otras dos propuestas encima de la mesa. En la reunión de hoy debemos actuar con inteligencia y adelantarnos.

–¿Por qué tiene que ser él? Hay muchos constructores en la ciudad.

–Cierto, pero no quiero a nadie más. Lo quiero a él. Me fío de él. Puede que sea conservador, pero es escrupulosamente honesto y eso, en este sector, vale su peso en oro. Además, lo que hace, lo hace bien, le gusta la calidad, no la cantidad. Y eso es precisamente lo que necesito. El Royalty Cove va a ser el edificio de la década, quiero que lo sea y que sea él quien lo construya.

Maverick giró a la derecha y entró en una calle un poco más estrecha con edificios bajos de oficinas. En uno de ellos podía leerse el letrero *Rogerson Developments*. Maverick detuvo el coche frente al edificio.

–Un sitio modesto –apuntó Tegan saliendo del coche.

–Así es Rogerson. Nadie podría imaginarse que, en realidad, es multimillonario.

Una vez en la sala de reuniones, Tegan se sorprendió aún más al conocer al hombre en persona. Llevaba un traje viejo que había visto días mejores, tenía la piel ligeramente tostada y el pelo canoso. En general, parecía un hombre normal y corriente. Sin embargo, sus ojos azules transmitían algo especial. Además, de alguna forma, sus rasgos le resultaban familiares, como si le hubiera visto en alguna parte.

–Por fin nos conocemos –dijo Rogerson con una amplia sonrisa extendiendo su mano hacia ella–. Maverick la tiene encerrada en su oficina, ahora entiendo por qué. Me alegro de que haya decidido dejarla salir unas horas.

Parecía un anciano bondadoso y servicial, no un eminente y millonario constructor. Tegan le devolvió el saludo preguntándose dónde había visto a aquel hombre.

El equipo de abogados llegó a los pocos minutos junto con el resto del equipo de Maverick. Se presentaron unos a otros y tomaron asiento en torno a una mesa repleta de pequeñas botellas de agua, finos vasos de cristal y delicadas servilletas.

Tegan estaba sentada junto a Maverick en una de las esquinas, con Rogerson en la otra punta. A pesar de estar rodeados de gente, Tegan sentía la presencia de Maverick junto a ella como si todavía estuvieran solos en su coche. Algo en él la atraía contra su voluntad como un imán.

Uno de los abogados empezó relatando cuál era la situación, las implicaciones que había tenido la paralización del acuerdo Zeppabanca.

Después, llegó el turno de Maverick. Explicó los principales aspectos del proyecto y los beneficios que podría reportar a todos los implicados.

–Royalty Cove tiene que seguir adelante –dijo para concluir su discurso–. Es el proyecto para la Costa Dorada más ambicioso que se ha diseñado en los últimos años. Tenemos la oportunidad de construir un complejo prestigioso, respetuoso con el medio ambiente y mostrarle el camino a Australia y al resto del mundo. La única forma de llegar a buen puerto es involucrar a los mejores, por eso queremos que sea Rogerson Developments quien lo lleve a cabo. Nadie más sería capaz de hacerlo. Pero, para eso, tenemos que estar listos para empezar en cuanto Zeppabanca se recupere.

Su voz tenía algo que atrapaba a cuantos le escuchaban, tenía seguridad en sí mismo y una inexplicable credibilidad. Todos los presentes asentían con la cabeza, convencidos por sus palabras. Todos salvo Rogerson, que jugueteaba con los dedos en la mesa sin dejar de mirar a Maverick.

–Nadie duda de que sea un buen proyecto –empezó Rogerson, y Tegan sintió el nerviosismo que las palabras de aquel hombre estaban provocando en Maverick–. Tampoco de la pasión que hay en él. Pero, dada la situación, ¿cómo podemos estar seguros de que Zeppabanca querrá seguir adelante cuando se recupere?

–Giuseppe estuvo en este proyecto desde el principio.

–Lo sé, pero... ¿y si ocurre lo peor, Dios no lo quiera, y no se recupera? –apuntó Rogerson mirando a todos los presentes–. ¿Qué ocurrirá entonces si el nuevo director ejecutivo no es tan entusiasta como él o no tiene las mismas ideas? Comprenda mi posición. No me gusta trabajar con esa incertidumbre, y más cuando apostar por este proyecto me cerraría otras oportunidades. Tengo otras dos propuestas sobre mi mesa, incluso esta mañana he recibido una tercera cuya fecha de inicio sería en tres meses y que garantizaría trabajo para mis empleados durante los próximos tres años.

–El Royalty Cove garantizaría, al menos, siete.

–Si sale adelante.

–Saldrá adelante, y será lo mejor que haya construido Rogerson Developments, estoy seguro.

–¿Y si no sale adelante? Necesito que, de alguna manera, Zeppabanca se comprometa.

–Giuseppe está enfermo, no puedo hablar en su nombre.

–Entonces, estamos perdiendo el tiempo.

–En ese caso… Le doy yo la garantía que necesita –dijo Maverick.

Todos se volvieron para mirarlo.

–¿A qué se refiere? –preguntó Rogerson.

–Me comprometo personalmente a cubrir todos los gastos que pueda tener su personal mientras esperamos noticias de Zeppabanca. Usted no perderá dinero y su equipo tampoco. Nadie perderá.

Tegan observó a los dos hombres. Los dos poderosos, los dos empresarios de éxito. Rogerson tenía aversión al riesgo, Maverick, en cambio, iba tras él. Hasta entonces, se había implicado con su trabajo en aquel proyecto. Aquella proposición significaba su compromiso personal, con su dinero, con su empresa, con todo.

Rogerson enarcó una ceja y Tegan, de pronto, recordó algo que había sucedido en un campo de refugiados de Somalia. Una larga cola de mujeres y niños esperaba al equipo de Médicos Sin Fronteras. En la cabeza de la cola, un hombre con el pelo revuelto estaba bromeando con los chiquillos para hacerles más grata la espera. Los que le conocían se referían a él como doctor Sam, pero en realidad se apellidaba Rogerson.

¡Por eso le resultaba familiar!

—Creo que deberíamos hacer un descanso de quince minutos para tomar un café —ordenó Rogerson levantándose.

El equipo de Maverick se dirigió hacia él como un rayo, lleno de preguntas. Lo mismo hizo el de Rogerson.

Tegan decidió dejarle solo y se levantó para conseguir un café para su jefe y un zumo para ella. Tenía ganas de poder hablar con Rogerson, pero sabía que no debía hacerlo.

—¿Necesita algo? —le preguntó de repente el constructor mientras sostenía un plato lleno de sándwiches.

—No, gracias —respondió ella—. Vaya, veo que ha conseguido librarse de todo el mundo.

—En los negocios, la rapidez es esencial —dijo Rogerson sonriendo—. Debo admitir que su jefe es muy persuasivo.

«Desde luego», pensó Tegan recordando lo que había ocurrido el día anterior en la puerta del ascensor.

—A Maverick le apasiona su trabajo. Por eso quiere que usted entre en el proyecto, quiere al mejor.

Rogerson se llevó a la boca uno de los sándwiches sin dejar de mirarla.

—Señor Rogerson, espero que no le moleste la pregunta, pero se parece mucho a un hombre que conocí una vez. No tendrá usted algo que ver con Sam Rogerson, ¿verdad?

—¡Vaya! —exclamó Rogerson con sus ojos azules iluminados—. Estaba esperando que me preguntara algo sobre Zeppabanca, es usted encantadora. Pues sí, mi segundo hijo se llama Sam, trabaja en Médicos Sin Fronteras.

—¡Lo sabía! Sam es una persona extraordinaria y un gran médico. Tiene un talento natural con los niños. Todo el mundo se alegra mucho cuando él está cerca. Debe estar muy orgulloso de él.

—¿No me diga que ha estado usted trabajando en alguno de esos países olvidados de Dios?

—¡Oh! —exclamó Tegan recordando, de repente, que se suponía que ella era su hermana, Morgan, que nunca había estado en África y mucho menos en un campo de refugiados—. En realidad no, pero he oído hablar de él. Mi hermana estuvo varios años en GlobalAid y trabajó con él una temporada. Me ha hablado mucho de él, sobre todo de lo maravilloso que era con los niños.

—Es precioso oírla decir eso de mi hijo. Sobre todo porque no solemos tener noticias suyas muy a menudo, sólo un par de veces al año. A Doris y a mí nos vuelve locos, nunca sabemos en qué anda metido.

—Pues, si le sirve de consuelo, puedo asegurarle que está haciendo un trabajo excelente. Mi hermana me contó que estuvo con él hace un mes, justo antes de que ella saliera del país. Me contó que su hijo estaba haciendo un trabajo increíble, pero que echaba mucho de menos a su familia.

En realidad, Sam había sido el médico que había dado el visto bueno a Tegan para que regresara a casa. Había pasado un rato hablando de Australia, de la Costa Dorada, y de lo mucho que él la echaba de menos.

–No sé qué decir. Sus palabras me llenan de alegría. ¿Y dice que fue su hermana quien le contó todo?

–Sí, acaba de volver hace poco después de haber pasado en África tres años.

–Querida, me ha alegrado usted el día. Doris se pondrá muy contenta cuando lo sepa. Se preocupa mucho por nuestro hijo, como no le vemos mucho…

Tegan lo entendía perfectamente. Su propia hermana le había rogado, a su regreso, que no volviera, ya que no podía dormir por las preocupaciones y los temores.

–No saber nada es lo peor –dijo Tegan–. Pero, si le sirve de ayuda, puedo decirle que mi hermana, su hijo y todos los que han decidido orientar sus vidas como ellos son conscientes de los riesgos que conlleva. Siempre hacen todo lo que pueden para correr el menor peligro posible. Pero, a veces, son conscientes de que hay que arriesgar para marcar la diferencia.

Rogerson pareció meditar sus palabras unos instantes y, entonces, posó su mano sobre el hombro de Tegan.

–Sabias palabras, querida. Sabias palabras –dijo sacando una tarjeta de su chaqueta–. Aquí tiene mis señas. Llámeme cuando su hermana tenga un rato libre y arreglaremos una cita para que pueda contarnos a mi mujer y a mí cosas sobre los campos de refugiados y sobre nuestro hijo. Y muchas gracias de nuevo. Doris se va a poner muy contenta cuando se lo cuente todo. Ahora, será mejor que se tome ese café antes de que se enfríe.

¡Cielos!

Se había olvidado del café de Maverick.

Estaba helado.

¿Qué estaba haciendo Morgan? ¿De qué demonios estaba hablando con Rogerson? ¿Por qué sonreía tanto? A él nunca le había sonreído así.

Cuando Rogerson posó su mano sobre el hombro de su secretaria, empezó a hervirle la sangre en las venas.

—Maverick, ¿quiere añadir algo?

El jefe de su equipo de abogados le estaba mirando fijamente, esperando una respuesta.

—No, nada más.

¿De qué había estado hablando con él? Si había hecho o dicho algo para poner en peligro el proyecto, se lo haría pagar.

Su secretaria se sentó junto a él al fin y le puso sobre la mesa una taza de café. La sonrisa que había observado en ella mientras hablaba con Rogerson había desaparecido.

—Bueno —dijo Rogerson—, no veo ninguna necesidad de que sigamos perdiendo el tiempo. ¿Qué opinas, Maverick?

Maverick miró de reojo a su secretaria.

¿Qué demonios le había dicho?

—Señor Rogerson —dijo Maverick apartando el café con la mano, incapaz de beber nada—. Eso de-pende de lo que usted decida.

—Tiene toda la razón. Lo he estado pensando y he tomado una decisión. No voy a aceptar la garantía personal que me ha ofrecido.

Capítulo 5

ALGO dentro de Maverick se quebró como el cristal.

Morgan había firmado su sentencia de muerte.

Había estado trabajando en aquel proyecto durante años, planificándolo hasta el último detalle y, cuando estaba a punto de conseguirlo, algo que había dicho ella lo había echado todo por tierra.

—Entiendo —dijo Maverick incrédulo.

—Me temo que no lo ha entendido —dijo Rogerson—. No voy a aceptar su garantía porque no la necesito.

Maverick miró al hombre como si le hubiera regalado una segunda vida, aunque inseguro todavía de haber comprendido bien.

—Entonces… ¿Significa eso que acepta construir el Royalty Cove sin ninguna garantía?

—Por supuesto. Un hombre que habla con tanta pasión como usted, y que está dispuesto a poner su propio patrimonio como garantía, es un hombre en quien se puede confiar. Además, hay cosas más importantes en la vida que la seguridad. A veces, es necesario asumir riesgos para marcar la diferencia.

—¿Me vas a contar qué ha pasado? —preguntó Maverick en el trayecto de vuelta mientras conducía su descapotable.

–¿A qué te refieres? Rogerson aceptó el contrato, ¿no era eso lo que se suponía que tenía que suceder?

–No me refiero a eso –dijo apartando la mirada de la carretera por un instante para mirarla–. ¿De qué estuvisteis hablando Rogerson y tú? Parecíais tener mucha complicidad. Hasta te puso la mano en el hombro. ¿De qué hablasteis?

–Se diría que estás celoso –bromeó Tegan.

–No digas tonterías –dijo él poniendo suficiente agresividad en su voz como para que ella captara correcta y claramente el mensaje–. Podría ser tu abuelo.

–¿Y? Me gusta ese hombre. No es el típico multimillonario engreído y egocéntrico. Es una persona cercana, cálida y auténtica.

Maverick la miró de nuevo. ¿Era eso lo que opinaba ella de él, que era un empresario egocéntrico? ¿Por eso nunca le sonreía como lo había hecho con Rogerson?

–¿Qué le dijiste?

–Phil Rogerson tiene un hijo llamado Sam, es médico y trabaja para Médicos Sin Fronteras.

–¿Y?

–Pues resulta que yo… Mi hermana trabajó con él durante un tiempo. Estuvimos hablando sobre ello.

–¿Tienes una hermana?

–Sí.

–¿Y trabaja en campos de refugiados?

–Trabaja para GlobalAid. O, al menos, trabajaba. Acaba de regresar hace poco.

–Nunca me dijiste que tuvieras una hermana.

–Nunca lo preguntaste.

Y así era, en verdad. Nunca le había interesado mucho la vida personal de su secretaria. Sin embargo, de pronto, todo lo que tenía que ver con ella le interesaba, le obsesionaba.

—¿Y dices que tu hermana trabajó un tiempo con el hijo de Rogerson?

—Eso es.

—¿Cómo lo supiste tú?

—Mi hermana me lo contó.

—¿Y cómo te diste cuenta de que Phil Rogerson era su padre?

—Disculpa, pero... ¿adónde quieres llegar? —preguntó Tegan nerviosa.

—Dímelo tú —contestó Maverick observando la inquietud de su secretaria.

—No lo sabía, ¿contento? No estaba segura, se lo pregunté y tuve suerte. Él y su mujer no han tenido noticias de su hijo desde hace mucho tiempo, por eso se alegró tanto de hablar conmigo. Mi hermana estuvo con el hijo de Rogerson hace apenas un mes.

Maverick detuvo el coche en el aparcamiento del edificio que albergaba sus oficinas, pero no hizo ninguna intención de salir del vehículo.

—Morgan.

—¿Sí?

Maverick pasó el brazo derecho por detrás del respaldo del asiento de ella y se inclinó levemente hacia Tegan, observando cómo ella se pegaba a la puerta para aumentar el espacio entre ambos.

Era evidente que su secretaria estaba pensando que él estaba dispuesto a continuar con el beso que habían interrumpido el día anterior.

La idea no carecía de atractivo. Había pasado

toda la noche dándole vueltas, recordando el momento, recordando el cuerpo de ella y fantaseando sobre lo que habría podido pasar.

–¿Quieres algo? –preguntó ella, nerviosa, con la respiración agitada.

–Dices que tu hermana volvió hace apenas un mes y te contó que había estado con el hijo de Rogerson. ¿No te parece curioso?

–No te entiendo. ¿Dónde está el problema? Deberías estar contento después de lo que acaba de ocurrir en la reunión. ¿Acaso no has conseguido lo que querías?

¿Lo que quería?

Últimamente, no estaba muy seguro de lo que quería.

En esos momentos, por ejemplo, lo único que deseaba era besarla.

Pero ya era demasiado tarde. Su secretaria había abierto la puerta y había salido apresuradamente del vehículo.

–¡Morgan!

Maverick salió del coche rápidamente, lo cerró y fue corriendo hasta los ascensores, donde su secretaria esperaba ansiosa.

–¿Qué te ocurre? ¿Por qué estás a la defensiva? Al fin y al cabo, no es algo que tenga demasiada importancia.

Tegan estaba agotada. Agotada de sus constantes preguntas, de sentirse examinada a cada segundo. Sólo era cuestión de tiempo que terminara por descubrir el engaño.

–Creí que estabas enfadado conmigo.

–No estaba seguro de ti. No entendía qué había

pasado en la sala de reuniones entre Rogerson y tú.

Tegan se volvió para responderle, pero no supo qué decir. Durante todo el día, hasta aquel momento, Maverick se había mantenido a distancia, se había comportado como su jefe en todo momento, y eso le había servido a ella para manejar un poco mejor la situación.

Pero, en los últimos minutos, todo había cambiado. Su presencia se había vuelto peligrosa de nuevo, volvía a tener problemas para respirar con normalidad.

La inseguridad que sentía aumentó todavía más al abrirse las puertas del ascensor y entrar los dos. Maverick sacó una tarjeta del bolsillo de su chaqueta y pulsó el botón de la planta donde estaba su despacho. Sin embargo, en lugar de ponerse a su lado, Maverick se situó de espaldas a las puertas, mirándola fijamente. Tegan apoyó la espalda contra la pared opuesta, como si estuviera prisionera en una cárcel.

−¿Es que no te das cuenta de lo que ha sucedido? −le preguntó él acercándose−. Si tu hermana no te hubiera contado que había visto a Sam Rogerson, el resultado de la reunión seguramente habría sido muy distinto. Rogerson no estaba convencido, lo noté. Sin embargo, hablar contigo le hizo cambiar de opinión. ¿Qué le dijiste?

Estaba cerca.

Demasiado cerca.

Podía sentir el calor del cuerpo de él, su perfume invadiéndola como una ola de deseo. Su cuerpo estaba empezando a despertar, luchando por lanzarse en los brazos de él. Aquello se estaba volviendo cada vez más peligroso.

–No lo sé –dijo Tegan–. Phil me estaba contando lo preocupados que estaban su mujer y él por los constantes riesgos que tenía que asumir su hijo. Lo único que yo le dije fue que, a veces, es necesario asumir riesgos para marcar la diferencia.

–¡Bravo! –exclamó él–. Lo que hiciste fue resumir en una sola frase el espíritu del proyecto, mientras que a mí me costó una hora de discurso.

Maverick extendió la mano y le acarició la mejilla suavemente con las yemas de los dedos. ¿Por qué un gesto tan insignificante estaba provocando una reacción tan desproporcionada dentro de su cuerpo? Sus pechos se estaban endureciendo y sus labios entreabriendo. La última vez que habían estado tan cerca había sido el día anterior, y las cosas habían ido demasiado lejos. Sin embargo, el día anterior, Tegan había pensado que por quien estaba interesado Maverick era por su hermana. Sin embargo, después de la conversación con Morgan, ese extremo había quedado claro.

¿Era posible que Maverick se sintiera atraído por ella?

¿Cómo iba a ser capaz de luchar contra eso?

«Morgan volverá dentro de unos días, y tendrá que afrontar las consecuencias de lo que yo haga», se recordó Tegan a sí misma.

–Maverick… –murmuró.

–Debería darte las gracias –dijo él mirándola fijamente–. Has salvado todo el proyecto. Debo encontrar la manera de agradecértelo.

–No es necesario –dijo ella rápidamente mirando

hacia otro lado, pensando en lo rápido que saldría de allí si pudiera atravesar las paredes.

–Al menos, debería darte las gracias –insistió él apoyando una mano contra la pared, cortando así la vía de escape de Tegan.

–Entonces, hazlo –dijo Tegan, suplicando por dentro que no insistiera más.

–Sin embargo, creo que te mereces algo más que darte las gracias –dijo Maverick sosteniéndole la barbilla con la mano y alzándole la cabeza.

El cuerpo de Tegan estaba ya casi incandescente. Sus últimos reductos de sensatez estaban derritiéndose poco a poco.

–Entonces… –murmuró Tegan mirándole con los ojos llenos de deseo–, ¿qué?

Como si hubiera adivinado sus más íntimos pensamientos, Maverick se acercó aún más a ella, hasta que sus cuerpos se tocaron. Los pechos de Tegan estaban a punto de explotar, presionados contra el tórax de él. El menor movimiento, el menor gesto, y se entregaría a él sin la menor resistencia.

–Entonces… esto.

Los labios de él tocaron los suyos y Tegan se sintió como si hubiera regresado a casa después de haber pasado mucho tiempo lejos. Maverick la estaba besando tan suavemente, con tanta delicadeza, que lo único que podía hacer era darle la bienvenida con su boca.

Justo en ese momento, el ascensor se detuvo, sonó un timbre y las puertas se abrieron.

–¡Cielo santo! –exclamó Maverick separándose un poco de ella, mostrando con su reacción que estaba tan turbado como Tegan.

Con un movimiento casi imperceptible, Maverick la tomó en brazos y salió de ascensor. Tegan estaba tan sorprendida como excitada. Nunca le había ocurrido nada semejante. Estar envuelta en sus brazos la embriagaba de una forma inesperada, tanto que apenas se dio cuenta de que, en lugar de detenerse en el escritorio de ella, Maverick había seguido recto.

¿En qué estaba pensando?

¿Quería llegar hasta el final?

–¿Adónde me llevas?

–A un lugar donde no nos moleste nadie –dijo él abriendo una puerta.

–¡Maverick! –protestó Tegan intentando liberarse . No creo que sea buena idea.

–Pues a mí no se me ocurre ninguna mejor.

El cuerpo de Tegan estaba de acuerdo con él, pero su parte racional le decía a gritos que todo era un tremendo error.

Maverick avanzó a través de un enorme salón que, al igual que el despacho de él, gozaba de unas preciosas vistas a la bahía.

–¡Déjame bajar! –gritó Tegan–. ¡No podemos hacer esto!

–Claro que podemos, pero, ya que lo pides tan amablemente –bromeó él–, haré lo que me pides.

Pero Tegan no aterrizó en el suelo, como esperaba, sino en una cama enorme cubierta por un edredón de seda.

Quitándose la chaqueta, Maverick la miró desde los pies de la cama con los ojos encendidos.

–¡No! –exclamó Tegan viendo que él empezaba a quitarse la camisa despacio.

Tenía que escapar de allí. Era evidente que aquello no podía suceder. ¿Por qué su cuerpo no le obedecía? ¿Por qué estaba tan excitada?

La respuesta la tenía delante de ella. Maverick se había quitado la camisa y los pantalones, exhibiendo un cuerpo perfecto, un cuerpo diseñado por un escultor para volver locas a las mujeres.

–Tú sientes lo mismo que yo –murmuró él–. Lo sentiste mientras subíamos en el ascensor.

–Sólo fue un beso –mintió Tegan.

–Fue mucho más que un beso –dijo él.

–Eso no significa…

Aprovechando el momento, Tegan se revolvió en la cama e intentó salir por un lado.

Pero Maverick, haciendo gala de nuevo de sus excelentes reflejos, fue hacia ella rápidamente y abortó su fuga.

–Eso significa que me deseas.

Y, para demostrarlo, tomó la mano de ella, la obligó a recorrer su tórax y, suavemente, hizo que tomara su miembro.

Tegan se quedó sin respiración. Era demasiado. No podía más. Deseaba tener aquello dentro de ella.

–Yo también te deseo –añadió besándola.

Pero, incluso poseída por aquella intensa pasión, algo dentro de ella no iba bien.

Aquello estaba yendo demasiado rápido, lo había conocido hacía sólo dos días y ya estaba tendida en una cama con él deseando que la penetrara.

Era una auténtica locura.

Una locura que no podía permitirse, y mucho menos con él. No cuando, en realidad, ella estaba suplantando el lugar de su hermana, no cuando iba a ser Morgan la que afrontara las consecuencias del caos que ella estaba creando.

–¡No puedo hacerlo! –suplicó Tegan.

–¡Deseas hacerlo!

Quería gritar, quería decirle que sí, que lo deseaba, que siguiera adelante, que no se detuviera… Pero no podía hacerlo.

–No –mintió–. No te deseo, quiero que pares, por favor.

Maverick se quedó inmovilizado, como si lo hubieran congelado.

–¿Hablas en serio? –preguntó mirándola.

–Tengo que irme –dijo Tegan haciéndose a un lado y saliendo de la cama.

–¡Morgan! ¿Qué ocurre?

–No quiero hacer el amor contigo. ¿Es que no lo entiendes? Tú no me deseas de verdad.

–¿De qué estás hablando? Claro que te deseo. Y lo sabes.

Tegan negó con la cabeza. Morgan había sido muy clara en lo referente a su relación con Maverick. Cuando regresara la semana siguiente, todo debía seguir igual.

–¿Cuál fue la frase que me dijiste el primer día que entré a trabajar aquí? ¿No me dijiste que me despedirías en el acto en cuanto intentara algo contigo? ¿Qué está pasando ahora? No lo entiendo.

Maverick la miró furioso. Sí, le había dicho eso, ésas eran sus palabras.

–¡Vete a casa! –exclamó fuera de control–. ¡Tómate la tarde libre!

–Pero… tengo trabajo que hacer.

—¡He dicho que te vayas a casa! Ya has hecho bastante por hoy.

Maverick se abrochó la camisa insatisfecho, con el cuerpo en tensión y la cabeza confusa.

¿Qué le estaba ocurriendo?

Morgan llevaba trabajando para él desde hacía más de un año y medio y nunca le había parecido nada especial.

¿Por qué, de repente, todo había cambiado?

¿Por qué la deseaba con tanta intensidad?

La deseaba. ¿Por qué debía renunciar a ella? No se parecía en nada a Tina. De lo contrario, no habría dejado escapar la menor oportunidad para acostarse con él.

Morgan, en cambio, estaba intentando luchar contra la evidente atracción que sentía hacia él. Y, aunque eso la hacía aún más atractiva, no podía entenderlo.

¿Por qué?

Maverick se arregló el pelo sintiendo su cuerpo todavía excitado. Necesitaba una mujer urgentemente.

Entró en su despacho, sacó su PDA y consultó su agenda. Disponía de todas las mujeres que deseara.

Al llegar a Sonya se detuvo. Era una preciosidad de pelo corto, moreno y ojos verdes. Nunca le había dicho que no.

Pero, al tomar el auricular para marcar su número, se detuvo. No quería a Sonya. No quería a ninguna otra mujer que no fuera su secretaria.

La culpa de todo la tenía Tina. Había sido aquella

mujer quien le había llevado a hacerle aquella estúpida advertencia a Morgan.

Sin embargo, él seguía siendo el responsable de sus actos. Podía romper sus propias reglas en cualquier momento. Nadie le obligaba a seguirlas.

Deseaba a Morgan e iba a tenerla antes de que terminara la semana.

Lo único que tenía que hacer era esperar.

Capítulo 6

AQUEL miércoles amaneció despejado y soleado en toda la Costa Dorada. Todo parecía luminoso y alegre, salvo Tegan. No cesaba de repetirse que, de haberle insistido a su hermana por teléfono, Morgan habría regresado y ella no tendría que soportar otros tres días más aquella tensa situación con Maverick, aquella inconveniente e incómoda atracción.

Pasó todo el día esperando un gesto por parte de él, un intento de reanudar lo que había quedado interrumpido el día anterior, pero él no hizo nada.

Estuvo saliendo de su despacho cada dos por tres con cualquier excusa para acercarse a ella y preguntarle las cosas más nimias. Todo para poder mirarla. Pero nada más. No hizo nada más.

Tegan creyó en muchos momentos que no podría aguantar más la situación, pero, entonces, dieron las cinco de la tarde y salió corriendo de la oficina, feliz por haber sobrevivido un día más.

El jueves Maverick redobló sus esfuerzos, sus constantes preguntas, sus insistentes miradas, hasta que, a media mañana, Tegan no pudo más.

—¿Qué quieres esta vez? —preguntó furiosa viendo que Maverick se disponía a acercarse de nuevo a ella.

Sin embargo, en aquella ocasión, en lugar de responder con alguna evasiva, o buscar entre los papeles del escritorio de ella algún misterioso documento, Maverick dejó un paquete de carpetas sobre su mesa.

—Rogerson necesita esto cuanto antes, pero hay que hacer algunos cambios. Ponte en contacto con alguien de Proyectos y pídele que los haga cuanto antes.

Tegan consultó los documentos que Maverick había depositado sobre su escritorio. No parecía nada complicado. Tegan había hecho proyectos mucho más complicados en sus primeros años de vida laboral, antes de empezar a trabajar en GlobalAid.

—No es necesario avisar a nadie —comentó Tegan—. Puedo hacerlo yo misma.

¿Desde cuándo sabes utilizar software de gestión de proyectos? —preguntó él mirándola.

Tegan comprendió el pequeño error que había cometido.

—Hice un curso nocturno hace tiempo —mintió—. ¿No te lo he dicho nunca?

—Como quieras —respondió Maverick con una sombra de duda—. Pídeles a los de Proyectos que te envíen los ficheros. Lo quiero corregido y en mi despacho antes de diez minutos.

Tegan sólo tardó siete en hacerlo. Aunque eso no hizo que Maverick cambiara de actitud.

—Muy bien —valoró él en su despacho cuando Tegan entró a darle lo que le había pedido—. Parece que tienes muchas habilidades ocultas. ¿Qué otras sorpresas me tienes preparadas?

Tegan respiró nerviosa e hizo una nota mental para recordarle a Morgan que se apuntara al primer curso de software para gestión de proyectos que estuviera disponible.

–Si eso es todo… –dijo Tegan deseando escapar de allí.

–No, eso no es todo –dijo Maverick levantándose de la silla y rodeando la mesa para acercarse a ella.

Instintivamente, Tegan dio un paso atrás. Habían pasado dos días desde la última vez que él la había tocado, y no quería que volviera a suceder. No podía confiar en sí misma.

Maverick se detuvo a menos de un metro de ella, con sus anchos hombros bloqueando su campo de visión y los ojos fijos en los suyos.

–Envía esto por fax a Rogerson enseguida –ordenó él dándole unos papeles.

Cuando llegó el viernes, Tegan supo que había llegado el momento de la verdad. Maverick estaba más insoportable e irritable que nunca, pero a ella eso le daba igual. Sólo pensaba en los sesenta minutos que quedaban para que terminara la jornada de trabajo y salir de allí. Al fin, todo habría terminado.

Sólo quedaba una hora. Lo había conseguido. Había pasado una semana con Maverick sin que él sospechara nada. Había salvado el trabajo de su hermana y, gracias a ella, Morgan había podido asistir a la boda de su amiga. Cualquier deuda que Tegan pudiera tener con ella había quedado completamente saldada.

–¿Por qué estás hoy tan contenta? –preguntó Maverick de pronto saliendo de su despacho.

Tegan lo miró mientras el nerviosismo y la atracción que le habían acompañado durante toda aquella semana volvían a dominarla. Al mismo tiempo, sintió algo parecido a la decepción. A partir de aquel día, todo volvería a ser más aburrido y monótono, no volvería a sentir aquella agitación, aquella electricidad embriagadora.

—Es viernes —contestó ella.

—¿Y? —replicó él.

Tegan estaba tan contenta que casi sentía deseos de contárselo todo, de compartir con él aquella sensación de éxito.

—A todo el mundo le gusta los viernes.

—¿Es que has hecho planes?

«Por supuesto, ir a buscar a mi hermana mañana mismo al aeropuerto y recuperar mi vida», pensó.

—Nada especial, lo de siempre.

Maverick asintió serio con la cabeza y volvió a desaparecer dentro de su despacho.

¿Qué le ocurría a su secretaria? Nunca la había visto sonreír de aquella manera.

Maverick se dejó caer en su silla. En lugar de estar más cariñosa, su secretaria se había empeñado en guardar las distancias lo más posible aquellos últimos días. Había evitado su mirada, se había esforzado para no mostrar la más mínima emoción…

¿Por qué estaba de repente tan contenta?

No sabía la razón, pero algo le decía que la causa no era él.

Y no le gustaba nada.

De pronto, su ordenador se iluminó, indicando que había recibido un email. Con el corazón latiéndole deprisa, Maverick se incorporó y lo leyó apresuradamente.

—¡Sí! —exclamó en la soledad de su despacho dando un puñetazo en la mesa antes de descolgar el teléfono.

Tegan ya había apagado su ordenador y ordenado todos los papeles que se arremolinaban sobre la mesa. Sólo quedaba despedirse de Maverick y todo habría terminado. Nunca más volvería a verlo. Nunca más tendría que lidiar con su mirada oscura y profunda, ni con su aroma, ni con el calor que emanaba de su cuerpo. Nunca más tendría que volver a besarlo.

¿Tendría? Tegan se dio cuenta de que se estaba mintiendo a sí misma. El contacto con Maverick había sido como un despertar para ella. Toda su vida se preguntaría qué habría pasado si las cosas hubieran sido de otro modo.

Tegan respiró profundamente y se recordó que aquello era lo mejor. Debía actuar de forma sensata. Tenía que irse de una vez.

—¡Morgan!

Sin previo aviso, Tegan sintió que Maverick la tomaba entre sus brazos, la alzaba por los aires y volvía a dejarla en el suelo.

—¡Giuseppe Zeppa ha recuperado la consciencia y ha preguntado por la marcha del proyecto! ¡Parece que está muy enfadado por el retraso!

—¡Eso es maravilloso! Me alegro mucho —dijo Tegan alegrándose por él.

—Acabo de hablar por teléfono con Rogerson, está deseando empezar.

Maverick miró la mesa de su secretaria y, a continuación, se fijó en que estaba a punto de irse.

—¿Qué estás haciendo?

—Me voy a casa. Ahora mismo iba a entrar en tu despacho para despedirme.

—Cambio de planes. Vamos a celebrarlo. Vámonos a cenar por ahí.

–Maverick, creo que no…

–Rogerson espera que vayas. Le prometí que estarías allí.

–¡No tenías ningún derecho a decirle eso!

–¿Por qué? ¿Qué tienes que perder?

«Mi entereza», pensó Tegan.

–No puedo ir vestida así –dijo ella.

–Todavía es pronto. Te llevo a casa y así podrás cambiarte.

Tegan no sabía a quién maldecir. Había estado a punto de librarse de todo, de salirse con la suya. Sin embargo, todo había vuelto a torcerse. ¿Cómo podía tener tan mala suerte?

Al menos, sólo se trataba de una cena de negocios, con Phil Rogerson, los abogados… Estaría a salvo. Además, por otro lado, se alegraba de tener una última oportunidad de tener a Maverick a su lado.

–De acuerdo –accedió Tegan esperando no tener que lamentar aquella decisión–. A mí también me apetece mucho volver a ver a Phil.

Maverick estaba sentado en el coche hablando por teléfono, esperándola en la puerta de su casa, cuando al fin apareció. Tegan vio cómo él colgaba el teléfono y se quedaba mirándola con los ojos extasiados.

–Estás impresionante –dijo abriendo la puerta del coche para que ella entrara.

Tegan se sintió insegura. Insegura de sí misma, de lo que podría pasar.

–¿Ocurre algo? –preguntó él.

—No creo que esto sea buena idea.

—Rogerson pensaba lo mismo. No estaba seguro de que este proyecto fuera a llegar a buen puerto. Pero tú le convenciste de que, a veces, es necesario correr riesgos. Tal vez deberías seguir tus propios consejos de vez en cuando.

«No es lo mismo», pensó Tegan. Rogerson había decidido correr el riesgo, pero al final le aguardaba una recompensa. Ella, sin embargo... ¿Qué podía ganar? Nada. En cambio, podía perderlo todo. El trabajo de su hermana, su dignidad y, sobre todo, su propio corazón.

¿Valía la pena correr el riesgo?

No.

¿Estaba dispuesta a correrlo?

Desde luego que sí.

Tegan se sentó junto a él temblando, sintiendo cómo los ojos de él recorrían su cuerpo.

«Es una cena de negocios, sólo es una cena de negocios», se repetía Tegan a sí misma.

Sin embargo, eso no le había impedido elegir el vestido más femenino que había podido encontrar en el armario de su hermana, una preciosidad en tonos pastel con la cintura ajustada y la falda con vuelo que descubría sus piernas al menor movimiento. Después de haber llevado aquellos vestidos austeros durante toda la semana, aquel vestido le hacía sentirse atractiva.

Y la forma en que él la estaba mirando lo confirmaba.

—Nunca te había visto el pelo así —dijo Maverick extendiendo la mano y acariciándole un mechón—. Me encanta.

Sus ojos se encontraron y, por un instante, el mundo entero desapareció. La luz de la luna hacía brillar el pelo de Maverick, jugando con las facciones de su cara.

Con aquel hombre, una noche entera nunca podría ser suficiente. Pero eso era lo que tenía, sólo una noche.

–¿Te importa si hacemos una parada por el camino? –preguntó él arrancando el coche–. Tengo que hacer una llamada y ver a alguien.

–Por supuesto que no –dijo ella sin preguntar.

Pero, cuando llegaron al aparcamiento de Green Valley Rest Home, le miró con curiosidad.

–Mi abuela –dijo él como leyéndole el pensamiento.

–¿Tienes abuela?

¿Eso te sorprende?

–Sí. Quiero decir….no. Es decir…

Lo que le llamaba la atención era que un hombre tan fuerte y tan aparentemente seguro de sí mismo se preocupara por una débil anciana.

–Además, ya conoces a Nell. Al fin y al cabo, eres tú la que se encarga de enviarle flores por su cumpleaños.

–¡Ah! ¡Claro! –exclamó Tegan disimulando–. Pero yo sólo las mando, eres tú el que se preocupa de ella.

–Volveré lo antes que pueda –dijo saliendo del coche.

Pero apenas había caminado un par de metros cuando una mujer con el pelo canoso se acercó a él.

–¡Jimmy! ¿Por qué has tardado tanto?

–Vamos, Nell… –dijo Maverick tomándola del brazo–. Ya es muy tarde, deberías estar dentro.

–Ni hablar –dijo la mujer soltándose del brazo de su nieto–. Todo es culpa de las enfermeras, que están deseando que nos vayamos a la cama para poder irse de juerga por ahí.

–Como quieras –dijo guiándola hasta un banco–. Dime, ¿qué es eso tan importante que querías decirme?

La mujer avanzó lentamente hasta el banco y, doblando su cuerpo con parsimonia, se sentó.

–¿Y bien?

–Las Navidades –dijo ella pronunciando las dos palabras como si fueran balas.

–Faltan todavía seis semanas para eso, Nell.

–Lo sé, pero… ¿qué vas a hacer?

Todavía no lo había pensado. Seguramente, haría lo mismo que los años anteriores. Si su abuela estaba de buen humor y se encontraba bien, reservaría una mesa en algún restaurante y la llevaría a comer. De lo contrario, pasaría con ella algunas horas en la residencia, tomándose algo juntos frente al mar.

–¿En qué estás pensando?

–Me gustaría, para variar, que hicieras lo posible para que toda la familia estuviera reunida. Si lo dejas para el último día, Frank y Sylvia ya habrán hecho planes.

Maverick asintió estoicamente, incapaz de decirle a su abuela la verdad sobre Frank, su hijo, y Sylvia, su nuera.

–Veré lo que puedo hacer, ¿te parece? –dijo dándole un cariñoso beso.

–¿Quién es esa chica?

Maverick sonrió. Su abuela podía estar delicada de salud, pero no cabía la menor duda de que la vista la tenía perfectamente.

—Es Morgan, mi secretaria.

—Qué nombre tan gracioso para una chica. ¿Es ella la que me envía las flores? —preguntó sin dejar de mirar al coche.

—Las flores te las mando yo, Nell.

—Venga… Seguro que no has comprado flores en tu vida. Creo que debería darle las gracias.

—No hace falta…

—¿Por qué? —preguntó su abuela mirándolo fijamente—. ¿Te avergüenzas de mí?

—Por supuesto que no.

—Entonces, ¿a qué esperas? —dijo la anciana.

Maverick se levantó del banco y, antes de llegar al coche, vio que Tegan salía del vehículo con su maravilloso vestido.

—Quiere conocerte —le dijo a Tegan.

—Ya lo veo —comentó ella.

—¡Holaaaa! —exclamó la anciana desde el banco.

Tegan dejó que Maverick la llevara hasta donde estaba su abuela.

—Es un placer conocerla, señora Maverick.

—Querida… —dijo la anciana tomándola de la mano—. Llámame Nell. Aunque, ahora que te veo, no tienes pinta de llamarte Morgan. ¿Estás segura de que ése es tu nombre?

—Abuela…

—Eres demasiado guapa para llamarte Morgan —insistió la anciana sin dejar de mirarla—. Yo te habría llamado… Vanessa.

—Ya está bien, Nell —dijo Maverick.

–¿Te he contado alguna vez que, siendo niña, me perdí una vez en las montañas y estuve a punto de ser devorada por un oso? –preguntó haciendo que Tegan se sentara en el banco con ella–. No, no creo que lo haya hecho. Pues verás, debía de tener yo unos cuatro o cinco años…

–Tu abuela es todo un personaje.

El coche de Maverick recorría la ciudad en dirección al restaurante. Tegan se había pasado casi todo el trayecto pensando en Maverick, en aquel nuevo aspecto de su personalidad, de su vida. Con su abuela, se había mostrado distinto, cordial, cariñoso… todo lo contrario al frío hombre de negocios que ella había conocido hasta ese momento.

–Me ha caído muy bien.

–Creo que el sentimiento ha sido mutuo. Gracias.

–¿Gracias? ¿Por qué?

–Por tratarla tan bien, por tener tanta paciencia. No es una mujer fácil de tratar. Contigo ha estado encantadora.

–Me lo he pasado realmente bien escuchando sus historias sobre Montana.

–Eso es porque es la primera vez que te las cuenta –dijo Maverick sonriendo.

–¿Por qué vino tu familia a Australia? –preguntó Tegan devolviéndole aquella sonrisa de complicidad.

–Por lo de siempre. Mi padre se enamoró de una chica que estaba de viaje por Estados Unidos. La siguió hasta aquí, hasta Queensland, para convencerla de que regresara a Estados Unidos para vivir con él, pero, al ver esto, al ver las enormes posibilidades que había en esta ciudad, convenció a Nell para que la familia se trasladara a Australia. Hizo grandes negocios en la década de los ochenta.

—¿Dónde está ahora?

—Murió hace cinco años, en un accidente de avión. Mi abuela no recuerda bien ciertas cosas.

Tegan lamentó no haber caído antes en la cuenta. Debería haberlo deducido por los comentarios de la anciana, las constantes preguntas acerca de su hijo, Frank.

—Lo siento, no me di cuenta. Sé lo que significa perder a un padre, pero no sé lo que se siente perdiendo a un hijo. Debe de ser durísimo. Tiene suerte de tenerte a su lado —dijo Tegan extendiendo la mano hacia él instintivamente y apoyándola en su hombro.

Maverick no había pensado nunca en ello, pero, aunque fuera cierto, no quería hacerlo en ese momento. Tenía cosas más importantes en mente.

Aquella noche, su secretaria parecía distinta. Estaba más receptiva, no daba la impresión de querer huir. Le había puesto la mano en el hombro por propia iniciativa.

Maverick detuvo el coche al llegar a un semáforo, tomó la mano de ella entre las suyas y la besó.

—Esta noche, creo que el afortunado soy yo.

Capítulo 7

LA CENA transcurrió como había previsto. Los platos, todos exquisitos, se sucedieron a un ritmo aceptable, acompañados por la suave música de una orquesta, sin que nadie percibiera lo que estaba sucediendo en el interior de Tegan. Ella misma intentó hacer lo posible por aparentar normalidad, hasta intervino en las conversaciones triviales que se intercambiaron unos y otros.

Pero su pensamiento estaba en otra parte. En un hombre. En Maverick. Era como si alguien hubiera accionado un resorte escondido dentro de ella que llevara mucho tiempo sin activarse.

Cuando la cena terminó y Rogerson y los demás se fueron a casa con sus familias, Maverick se acercó a ella.

–¿Quieres bailar conmigo?

Dentro de su corazón, sabía que aquél era el punto sin retorno, que si accedía, no habría vuelta atrás. Pero, por primera vez, una voz interior le susurraba que sentirse de aquel modo no era ningún crimen, que se merecía una oportunidad, aunque fuera la última.

–Sí –respondió ella dejando que la tomara de la mano y la llevara a la pista de baile.

La música que estaba sonando era suave, romántica, ideal para amantes, para que ella apoyara la cabeza sobre el hombro de él y se dejara llevar.

Maverick la abrazó y Tegan sintió el cuerpo de él pegado al suyo, transmitiéndole el calor intenso del deseo, el aliento de él jugando con sus cabellos.

Una noche. Una noche nada más. Una noche sería suficiente para satisfacer la pasión de él y poner fin a aquella agonía. Para cuando Morgan regresara al trabajo, todo habría terminado.

¿Por qué no? Podía funcionar. Debía funcionar.

La música se detuvo, pero ninguno de los dos se movió.

–¿Quieres seguir bailando? –le susurró él.

–Bailar está bien, es divertido –contestó ella alzando la cabeza para mirarlo . Pero lo que a mí me gustaría es acostarme contigo.

Maverick pareció tardar unos segundos en asimilar lo que Tegan había dicho. En cuanto lo hizo, el gesto de su rostro mostró todo lo que ella necesitaba saber.

–Vamos –dijo Maverick.

Apenas habían salido del restaurante cuando Maverick, apoyándola contra un muro, la besó apresuradamente.

Tegan se sentía como si estuviera borracha. Tenía ganas de gritar, de saltar, de hacer cualquier locura, de fundirse en la noche, de disolverse dentro de él.

A duras penas lograron llegar hasta el coche, abrazándose y besándose mutuamente con urgencia.

–¿Sabes cuánto te deseo ahora mismo? –preguntó Maverick intentando arrancar el coche.

No hacía falta que se lo dijera. Podía verlo en su rostro, en sus ojos. Estaba tan excitado como ella.

Tegan puso una mano sobre la rodilla de él y ascendió por su muslo lentamente hasta llegar a su miembro. Estaba tan duro que parecía gritar por salir de su encierro.

—Yo también te deseo —dijo Tegan excitándose sólo de pensar en lo que estaba a punto de ocurrir.

—Dos minutos —le pidió Maverick intentando contenerse—. Dame sólo dos minutos.

Encendió el motor y condujo a toda velocidad hasta un puente que daba acceso a una pequeña isla. Tras sacar un pequeño mando a distancia, pulsó un botón y, en el acto, se abrieron unas enormes puertas dejando al descubierto una imponente casa, oculta entre frondosas palmeras, que parecía hecha de cristal.

—Bienvenida —dijo deteniendo el vehículo y saliendo para abrirle la puerta—. Aquí es donde me escondo cuando salgo de la oficina.

—¡Vaya! —exclamó ella—. Una isla hecha para el placer de una sola persona. ¡Increíble!

—Esta noche, será una isla para dos —replicó él pasándole el brazo por los hombros.

Tegan empezó a temblar imperceptiblemente cuando Maverick la atrajo hacia él y la besó. Sentir de nuevo su olor, su tórax presionando contra sus pechos, sus piernas entrelazándose con las suyas, la embriagaba. Ya no había ninguna necesidad de preocuparse por nadie. Podían besarse todo el tiempo que quisieran.

Maverick empezó a recorrerla con las manos, lentamente, como si ella fuera barro y él la estuviera dando forma, creándola de la nada. Descendió con su boca por su cuello, desviándose hacia el hombro.

Con un ligero movimiento, le deslizó un tirante por el brazo y después el otro. Sosteniendo sus pechos con las manos, sin apenas esfuerzo, Maverick le quitó el sujetador.

Tegan sintió al aire nocturno acariciándole los pechos y, dominada por el deseo, se echó hacia atrás doblando el cuerpo, presionando su vientre contra su miembro.

–¡Maverick! –gimió empezando a perder el control.

–Lo sé –murmuró él bajando las manos hasta llegar a la falda de ella e introduciéndolas bajo los pliegues para descubrir las medias de seda que tanto le habían excitado una semana atrás–. ¡Dios mío! ¡Estaba deseando que las llevaras puestas!

Con los ojos desorbitados, Maverick la tomó entre sus brazos y la sentó violentamente sobre el capó del coche. Con las piernas de ella a ambos lados, Maverick introdujo una mano bajo la falda de Tegan y empezó a bucear en el lugar que ella más lo necesitaba.

Con un grito ahogado desapareció el último rastro de resistencia que le quedaba a Tegan. Maverick, por su parte, no podía pensar en otra cosa que no fuera el cuerpo de ella. De un tirón furioso le bajó las bragas y, mientras ella sentía la brisa recorrer sus partes más íntimas, él se bajó los pantalones.

Fuera de sí, Tegan se lanzó hacia él. Quería tenerlo dentro de ella. Lo necesitaba. No quería esperar más, aunque él estuviera buscando un preservativo. Le daba igual. Cuando consiguió ponérselo, Maverick la sostuvo por las piernas y la penetró completamente, tan fuerte que ambos emitieron un grito desesperado.

Por unos segundos, ninguno de los dos se movió. Estaban sintiendo el placer del contacto con el otro, algo que habían estado deseando mucho tiempo.

Maverick empezó a moverse lentamente, adelante y atrás, una y otra vez, alejándose y acercándose, hundiéndose poco a poco en un ritmo que los disolvía el uno en el otro.

Entonces, sobre el coche, con la brisa nocturna corriendo entre ellos y todo un mundo privado para disfrutar, Tegan explotó como nunca lo había hecho.

Jadeando, se abrazó a él sintiéndose débil, tapándose los pechos, siendo consciente de repente de su desnudez.

–Si te parece –dijo él subiéndole el vestido y colocando en su sitio los tirantes para que le taparan los pechos–, podemos continuar dentro.

Tegan sonrió, dándole las gracias internamente por haber entendido su incomodidad.

–¿Tienes la menor idea de lo que esa sonrisa me hace sentir?

Tomándola en brazos, Maverick entró en la casa, atravesó varias salas y, finalmente, la tendió en una enorme cama. La habitación apenas tenía paredes, sólo cristaleras enormes con vistas a un maravilloso jardín.

Tegan vio cómo Maverick se desanudaba la corbata, se quitaba la camisa y empezaba a quitarse los pantalones. Aquello le recordó otro momento, una ocasión en la que ella había salido corriendo, huyendo de él.

«Idiota», pensó Tegan lamentándose por las innumerables ocasiones que había dejado escapar intentando esconderse de lo inevitable.

Ya no volvería a huir. Y mucho menos teniéndole a él allí, quitándose los pantalones delante de ella, exhibiendo su cuerpo perfecto.

Dispuesta a aprovechar cada gramo de placer que él pudiera regalarle, Tegan se quitó los zapatos, el vestido, el sujetador y las bragas. Se había quitado todo menos las medias.

–Gracias por dejártelas puestas –dijo Maverick entrando en la cama y recorriendo sus piernas lentamente–. He soñado con ellas toda la semana.

Pero Tegan no quería más palabras. Al día siguiente se iría de allí y aquello no se volvería a repetir. Quería disfrutar de la magia que había surgido, confundirse con ella y dejar que su cuerpo la transportara a lugares en los que no hubiera estado nunca.

–Quédate conmigo el fin de semana.

–No puedo, tengo cosas que hacer.

–Déjalas para otro momento.

Maverick jamás había pasado una noche como aquélla.

–No puedo.

–Si quieres, seguro que puedes. Tengo muchas ideas para este fin de semana –dijo él sonriendo.

–No puedo, lo siento.

Maverick pasó la lengua por uno de sus pechos intentando que el cuerpo de ella respondiera. Pero, aunque lo hizo, se mantuvo imperturbable.

–Por favor, no hagas eso. Tengo que irme.

–¿Por qué?

–Ya te lo he dicho –dijo tapándose con la sábana para salir de la cama–. Tengo cosas que hacer.

–Que no me incluyen –dijo él como si estuviera pensando en voz alta.

–Efectivamente.

Maverick se incorporó frustrado.

–¿Qué es tan importante para que no puedas cancelarlo?

–Mi hermana regresa hoy de sus vacaciones y tengo que ir a buscarla al aeropuerto –dijo Tegan buscando su ropa por la habitación.

–¡Yo te llevaré! –dijo él enseguida–. Me encantaría conocerla.

–¡No!

–¿No quieres que conozca a tu hermana? –preguntó él sorprendido por la vehemencia de su negativa.

–No es necesario que me lleves, eso es todo.

–Entonces, tal vez podamos vernos luego.

–No.

–¿Mañana?

–Tampoco.

Tegan se puso los zapatos y guardó las medias en el bolso.

–¿Qué está pasando aquí?

–Nada. ¿Debería?

–Entonces, ¿qué sucede?

–Mira, no puedo quedarme contigo, ¿entiendes? No podemos volver a vernos.

–¿Y qué hay de anoche?

–¿Qué pasa con anoche? Había bebido demasiado. Fue algo que sucedió y ya está. Somos adultos. No significa nada.

–No habías bebido tanto. Además, fuiste tú la que sugeriste que nos acostáramos, ¿recuerdas?

–Hace mucho que trabajas conmigo. ¿Te cuadra el comportamiento que tuve ayer con la Morgan que conoces?

–No, pero…

–¿Lo ves? Había bebido demasiado. Demasiado para mí. Lo siento, Maverick. Llamaré a un taxi. No hace falta que te levantes.

–Puedo llevarte…

–Por favor –dijo Tegan deteniéndolo con una mano–. Tenemos que seguir trabajando juntos. Creo que es mejor para los dos que yo me vaya en taxi y no prolonguemos más esto, ¿no te parece?

Maverick la miró fijamente, intentando contener la tensión de su cuerpo.

–Sí –respondió finalmente–. Tienes toda la razón.

Tegan se sentó en el asiento de atrás del taxi haciendo un esfuerzo sobrehumano por no llorar. Necesitaba estar en silencio, pero el conductor no paraba de hablar de la falta de lluvia, del precio de la gasolina, de la crisis de Oriente Medio…

Pero a ella no le importaba nada de eso. Tenía su propia crisis. No podía apartar de su cabeza la forma en que Maverick la había mirado justo antes de salir de la habitación.

Estaba furioso, dominado por la ira. Se sentía engañado por haber compartido una noche con ella para que después le dejara de aquella manera. Tegan lo comprendía, pero había tenido que hacerlo. No había otra alternativa.

Era mejor así. Era preferible que él la odiara a continuar con aquello. Se le pasaría enseguida. Para cuando Morgan regresara el lunes al trabajo, Maverick se habría calmado y ya no le daría tanta importancia al asunto.

Entró en su apartamento deseando darse una ducha y descansar un poco antes de ir al aeropuerto. Sin embargo, al entrar, vio por la luz parpadeante del teléfono que alguien había llamado.

Se imaginó que habría sido Maverick, incapaz de aceptar un no por respuesta.

Pero, al pulsar el botón, se llevó una sorpresa:

—¡Tiggy! ¿Cómo estás? Espero que todo vaya bien con Maverick, porque me temo que voy a retrasarme un poco más…

Capítulo 8

TEGAN escuchó de nuevo el mensaje de su hermana intentando asumirlo. «Un accidente de autobús... nadie está herido de gravedad... una pierna rota... vamos de camino al hospital...».

¿Hospital? Aunque Morgan intentaba mantener la compostura, su voz reflejaba tensión y nerviosismo.

El segundo mensaje del contestador era de Jake, uno de los amigos de Morgan. Le informaba de que su hermana acababa de salir del hospital y, aunque no tenía nada importante, tenía fracturas en varias partes del cuerpo. Al parecer, Morgan iba a tener que permanecer allí unas semanas más hasta encontrarse mejor.

Tegan se derrumbó en el sofá aliviada. Su hermana estaba bien, gracias a Dios. Al mismo tiempo, se sentía culpable. Debería haber estado en casa para responder al teléfono, de esa manera podría haber hablado con ella y calmarla. Sin embargo, había pasado toda la noche haciendo el amor con Maverick.

«¡Cielos! ¡Qué desastre!», se lamentó Tegan para sí hundiendo la cabeza entre las manos.

Su hermana todavía tardaría varias semanas en regresar. Eso quería decir que tendría que volver el lunes a la oficina, seguir haciéndose pasar por Morgan...

«¡No puede ser!», volvió a lamentarse.

Durante una semana, había conseguido engañar a Maverick, pero ¿hasta cuándo podría alargar aquella farsa?

Tegan negó con la cabeza. Su acuerdo con Morgan había sido por una semana y, durante ese tiempo, había cumplido con creces. Pero no era sostenible continuar de aquella manera. Antes o después, él descubriría el engaño.

Sólo había una solución, decirle la verdad. Tal vez, Morgan perdiera su trabajo, pero al menos le quedaría la dignidad.

La decisión estaba tomada.

Sólo quedaba pensar en cómo hacerlo.

Maverick había pasado el fin de semana dando vueltas a lo que había sucedido la noche del viernes. No la había llamado en ningún momento. Si era capaz de irse de aquel modo después de haber pasado una noche tan memorable, entonces aquella mujer no valía la pena.

Miró su reloj y maldijo. ¿Dónde diablos estaba?

Justo en ese momento, escuchó el timbre del ascensor y el ruido de las puertas abriéndose.

Maverick tragó saliva.

Un minuto después, su secretaria llamó a la puerta de su despacho.

—Adelante.

Sin apenas volverse hacia ella, Maverick vio cómo entraba y se quedaba parada junto a la puerta.

–Llegas tarde –añadió él observando sus zapatos de tacón hundiéndose en la alfombra.

–Maverick, tengo que hablar contigo.

Por el tono de su voz, daba la impresión de que su secretaria estaba a punto de disculparse por el comportamiento que había tenido. Maverick se acomodó en la silla y cruzó las manos detrás de la cabeza dispuesto a disfrutar de la conversación.

–¿Lo has pasado bien este fin de semana con tu hermana?

–Al final no vino. Se va a retrasar unos días.

Maverick no se sorprendió en absoluto. Siempre había considerado aquello como una simple excusa que ella había utilizado para huir de su casa.

Su secretaria avanzó un poco hacia su mesa tímidamente, pasándose la mano por el pelo para apartárselo de la cara. ¿Por qué estaba tan nerviosa? ¿Por haberse acostado una noche con él? ¿Tan mal lo había pasado? ¿Tan duro había sido para ella?

–He estado a punto de no venir a trabajar –empezó Tegan–, iba a llamar para avisarte. Pero luego pensé que te merecías que te dijera todo personalmente.

–Te recuerdo que no eres tú la que decide si vienes o no a trabajar. Tienes un contrato, ¿recuerdas?

–Siento si va a ser un problema para ti, pero no puedo seguir haciendo esto.

Maverick se levantó de la silla como impulsado por un resorte, dio la vuelta a la mesa y se acercó a ella.

–¿Qué quieres decir con eso? ¿Todo esto es por lo que pasó entre nosotros el viernes? ¿No crees que estás exagerando? ¿No fuiste tú la que dijo que somos adultos?

Aquellas últimas palabras le habían rondado en la cabeza todo el fin de semana. Morgan se había mostrado tan predispuesta como él a pasar la noche juntos. ¿Por qué, entonces, había huido de una forma tan violenta, tan incómoda?

—No es sólo por lo que pasó el viernes.

—Pues, ¿de qué tienes miedo?

—¡No tengo miedo!

—¿De qué huyes?

—No lo entiendes…

—¿No lo pasaste bien conmigo?

—Ésa no es la cuestión.

—Entonces, ¿cuál es?

—Maverick…

El sonido del teléfono la interrumpió.

—Debe de ser Rogerson —dijo él tomando su móvil de la mesa—. Estaba esperando su llamada. Continuaremos esta discusión luego.

—No hay nada que discutir.

—¡Luego!

Maverick le dio la espalda y ella, tras unos segundos de indecisión, comprendió que hablaba en serio y salió de su despacho.

«¡Maldita sea! Debería haberlo hecho por teléfono. Habría sido más fácil», pensó Tegan al llegar a su escritorio. Se había dejado llevar por los nervios, había dejado que él la llevara a su terreno. No podía volver a suceder. A la primera oportunidad que tuviera, se lo soltaría todo, iría al grano directamente.

—Prepárate —le dijo Maverick de pronto desde la puerta de su despacho—. Tenemos una reunión con Rogerson en quince minutos.

—Maverick, todavía no hemos terminado de…

–Nos está esperando –la cortó él–. Reunión de equipo.

–No, espera un momento y escúchame –insistió Tegan–. Esto es importante. Yo no…

–¿No estabas en el equipo? –la interrumpió de nuevo–. Pues ahora lo estás. Después del excelente trabajo que hiciste con ese programa de gestión de proyectos, Rogerson insiste en ello. Además, dado que es bastante probable que tenga que ausentarme por unos días, creo que es lo mejor.

–Pero yo no he dicho nada todavía –dijo Tegan frustrada–. Llevo toda la mañana intentando decir una cosa y tú ni siquiera me escuchas.

–Veo que estás un poco disgustada –comentó Maverick . Se te pasará, ya verás. Venga, vamos.

–¿Quieres hacer el favor de dejar de ignorarme?

–Mira, querida –dijo Maverick mirándola fijamente–. Rogerson, personalmente, me ha pedido que te incluya en el equipo de trabajo. Si no te parece buena idea, si estás dispuesta a decir que no, entonces creo que lo lógico es que se lo digas a él.

–Mi problema no es con Phil Rogerson.

–Perfecto. En ese caso, podremos discutir cualquier problemilla que tengas en otro momento, ¿te parece? Ahora, vamos.

Tegan entró en el coche con la cabeza dándole vueltas. Estaba atrapada. Salvando la parte en que Phil Rogerson le había pedido que formara parte del equipo de trabajo del Royalty Cove, el resto le había sonado a chino.

–Quiero que te unas a nosotros –le había dicho

Rogerson sonriéndola–. Siento que eres una persona en quien puedo confiar, sé que no nos abandonarás.

Tegan había asentido con un nudo en el estómago, sintiéndose culpable por la confianza inmerecida que Rogerson estaba depositando en ella. Sólo era una mentirosa, una persona sin valores que estaba siendo atrapada en su propia red de falsedades, una red que crecía y crecía cada vez más.

¿Qué podía hacer? ¿Cómo iba a confesar la verdad después de lo que había pasado en la reunión? No podía. Sólo conseguiría empeorar aún más las cosas.

–Estás muy callada.

Tegan miró a Maverick y se dio cuenta de que se había detenido en el aparcamiento de Norfolk Island, un precioso lugar que se hallaba junto a la playa, lleno de palmeras.

–¿Por qué estamos aquí?

Maverick no estaba seguro. Lo que sí tenía claro era que no quería regresar a la oficina, regresar a la conversación que habían dejado pendiente.

Pasar la mañana con ella le había servido para darse cuenta de que nada había terminado entre ellos. No quería dejarla escapar, quería volver a yacer desnudo junto a ella.

–Pensé que un poco de aire fresco nos iría bien –contestó él finalmente–. ¿Quieres dar un paseo por la playa?

–¿Qué ocurre? –preguntó Tegan sorprendida por su proposición.

–Vamos –dijo quitándose la chaqueta y subiéndose las mangas de la camisa–. Sólo un rato.

Diez minutos después, tenía arena en las medias, el cabello lleno de la sal del mar y paseaba por la playa con su traje de ejecutiva. Era una locura, pero no le importaba. El sol brillaba en lo alto del cielo, una suave brisa lo llenaba todo y el ritmo de las olas era como un bálsamo para su corazón.

De reojo, miró a Maverick, que paseaba junto a ella con los zapatos en la mano y los pantalones remangados por las rodillas. Sus pies dejaban delicadas huellas sobre la arena.

La belleza de sus pies era uno de los innumerables descubrimientos que había hecho pasando la noche con él. La suavidad de su piel, el tacto de su pelo, parecido al del satén, la fortaleza de sus músculos…

Aquellos recuerdos estaban haciendo que se excitara de nuevo, calentando su cuerpo al mismo tiempo que los rayos del sol.

Tegan miró las olas rompiendo en la orilla, el agua deslizándose delicadamente por la arena, y deseó que su vida fuera tan sencilla como el ritmo de la naturaleza, exenta de mentiras.

Pero ya era tarde para eso. Estaba en un callejón sin salida.

–Has accedido a formar parte del equipo, como quería Rogerson –comentó Maverick como pensando en voz alta.

–Eso parece –dijo Tegan agradeciendo que él rompiera el silencio.

–Supongo que eso significa que ya no te vas.

Escucharlo en boca de él hizo que pareciera más real. Efectivamente, tenía que quedarse. ¿Qué otra cosa podía hacer? Ya no sólo tenía que preocuparse por la promesa que le había hecho a su hermana y por la atracción que sentía por Maverick. Ahora también estaba Phil Rogerson.

Ya no podía desentenderse de aquello. Había demasiado en juego, demasiadas personas implicadas.

Tendría que afrontarlo, seguir ocupando el lugar de su hermana para minimizar las consecuencias de sus mentiras y aguardar el regreso de Morgan. Y, además, no volverse loca mientras tanto.

—Eso parece —repitió Tegan.

—En ese caso —dijo Maverick acercándose a ella sin dejar de caminar—, tengo una proposición que hacerte.

Tegan lo miró a los ojos, atrapada por el brillo de sus pupilas, por la fortaleza de su cuerpo, por el calor que emanaba, mientras su cabeza le suplicaba que fuera sensata.

—No —se adelantó ella—, no lo hagas.

—Todavía no te he dicho en qué consiste.

No le hacía falta. Podía leerlo en los ojos de él.

—No voy a acostarme contigo otra vez.

Por la reacción que tuvo, Tegan supo que había acertado. Pero Maverick no iba a darse por vencido tan fácilmente.

—¿Por qué? Ya lo has hecho una vez.

—Eso fue un error que nunca volveré a cometer.

—Ojalá todos los errores fueran tan placenteros. Tú disfrutaste tanto como yo.

—Maverick, lo he estado pensando y… creo que deberíamos olvidarlo.

—Ése es mi problema —dijo él deteniéndose, levantándole la barbilla con una mano mientras con la otra tomaba la mano de ella—. No puedo olvidarlo. No puedo olvidar la sensación de tenerte tumbada junto a mí, el sabor de tu boca, el placer de estar dentro de ti.

Sus palabras estaban llenas de erotismo, de sensualidad, bañadas por los intensos recuerdos de la noche que habían pasado juntos.

—Sobre todo cuando siento cómo te corre la sangre por las venas ahora mismo —añadió Maverick.

—Lo que estoy es nerviosa. ¿Cómo quieres que esté tranquila aquí, delante de todo el mundo, en un lugar público?

—¿Se te endurecen también los pechos cuando estás nerviosa?

«Sólo cuando estoy cerca de ti», pensó Tegan avergonzándose por su comentario, pero consciente de que no había forma alguna de negarlo.

—Me deseas —continuó Maverick—. Y yo te deseo a ti. ¿Por qué insistes en negar lo obvio?

—Porque no todo es tan sencillo.

—¿Por qué no lo es? Me dijiste que no había ninguna otra persona.

—No, no es por eso.

¿Qué podía decirle?

—Trabajo para ti. No creo que acostarse con el jefe de una sea la mejor manera de mejorar profesionalmente.

—¿Es eso lo que te preocupa? —preguntó él alzando la cabeza de Tegan y mirándola fijamente—. ¿Perder tu trabajo si lo nuestro termina?

—¿Terminar? No hay nada entre nosotros que terminar.

—Claro que lo hay. Sólo porque te empeñes en negarlo no vas a cambiar la realidad. ¿Por qué haces todo tan difícil?

—Estoy intentando hacer las cosas bien.

—No, lo que estás haciendo es provocarme. Cuanto

más te alejas de mí, más tengo que correr para alcanzarte.

—¿Qué tengo que hacer para que no lo hagas?

—Muy fácil. Deja que las cosas sigan su curso.

—Claro, qué fácil es decirlo. De modo que yo me convierto en tu amante de forma indefinida y luego ¿qué? ¿Vuelvo a ser tu secretaria y tú mi jefe como si no hubiera pasado nada?

—Lo que estás haciendo ahora es justamente eso. Es condenadamente difícil trabajar contigo deseándote como te deseo. Si no te saco de mi cabeza... me voy a volver loco.

Tegan sabía perfectamente a qué se refería, porque a ella le sucedía lo mismo. Trabajar juntos, deseándose como se deseaban, siendo conscientes de lo que se estaban perdiendo por no estar juntos, era algo insoportable.

Ésa había sido la razón que le había impulsado aquella mañana a decirle a Maverick toda la verdad.

Pero, después de lo que había pasado en la reunión, había cambiado de opinión.

¿Creía él sinceramente que podrían tener una relación laboral normal cuando todo terminara entre ellos, después de todo lo que habían compartido y podrían compartir?

Había que estar loco para pensar algo así.

Pero... ¿y si tenía razón?

¿Y si era posible?

En ese caso, habría una oportunidad.

Tegan respiró profundamente, aspirando un aire cargado de sal, arena, vapor de agua y deseo.

—¿Cuánto tiempo...? —empezó nerviosa—. ¿Cuánto tiempo tardarías en sacarme de tu cabeza?

Maverick la miró y en sus ojos Tegan percibió un tímido brillo de satisfacción.

–Dos semanas… tal vez tres.

–¡Vaya! –exclamó Tegan intentando aliviar la tensión entre ambos–. ¡Cuánto tiempo!

–¡Eh! –exclamó él poniendo las manos en los hombros de ella–. Tú me has preguntado, yo sólo intento ser sincero. No hago planes a largo plazo.

–¿Me estás diciendo que, cuanto antes empecemos, antes conseguiremos cansarnos el uno del otro y antes podremos volver a la normalidad?

–Más o menos.

Tegan volvió la cabeza y contempló el mar. Desde luego, la idea parecía interesante. Morgan iba a tardar al menos seis semanas en regresar. En ese tiempo, Tegan podría cumplir su promesa con Phil Rogerson, seguir haciéndose pasar por su hermana y acostarse con Maverick por la noche. Para cuando Morgan regresara, todo habría terminado entre ellos.

Con aquella solución, podía ser una buena hermana, una buena profesional y satisfacer sus deseos.

Era la solución perfecta.

–En ese caso –dijo volviendo la cabeza hacia él para mirarlo–, cuanto antes empecemos, mejor.

Maverick la miró exultante. Quería gritar, quería que se enterara todo el mundo.

En cambio, lo que hizo fue atraerla hacia él y besarla.

Durante las próximas semanas, por tiempo indefinido, sería suya. Ella era todo cuanto necesitaba.

Además, no se parecía en nada a Tina. Ambas eran como la noche y el día. Todo sería diferente con Morgan. Con ella no cometería los errores que había cometido con Tina.

Maverick la abrazó más fuerte aún, absorbiendo su perfume, su olor, su deseo.

Dejó de besarla, consciente de que una playa pública no era lugar para consumar lo que tenía en mente.

–¿Qué tenemos en la agenda el resto del día? –preguntó él mirándola.

–Nada que no podamos dejar para mañana –contestó ella con las mejillas enrojecidas y los ojos llenos de luz.

Maverick asintió complacido y, dándose la vuelta, la guió de regreso al coche.

Los negocios podían esperar.

Tenía cosas más importantes que hacer.

Capítulo 9

AQUELLO era un mundo de fantasía, un mundo que Tegan nunca había creído que fuera posible. Los días se habían convertido en un vehículo para disfrutar de una forma sorprendente y novedosa del mobiliario de la oficina. Las noches transcurrían en medio de un sinfín de experiencias sensuales

Tegan estaba como hipnotizada por lo que él la estaba haciendo vivir, por la facilidad con que él la excitaba, por lo completa que se sentía cuando estaba dentro de ella.

Cada noche, él le pedía que se vistiera con un vestido nuevo cada vez, encargado especialmente para ella en las mejores firmas del mundo, la llevaba a cenar a los mejores restaurantes y, al final, regresaban a la isla privada de Maverick para hacer el amor durante horas.

Ir a trabajar nunca había sido tan emocionante. Dado que ya no era necesario atenerse a las pautas de comportamiento de Morgan, Tegan dio rienda suelta a su imaginación y empezó a vestirse con los trajes más sugerentes y atrevidos. Todo para avivar aún más la pasión, si eso era posible.

Eran las dos de la tarde cuando Tegan se sumergió en un baño de espuma después de haber estado haciendo el amor con Maverick. Cerró los ojos y se abandonó al placer que le producía el agua acariciando todas las partes de su cuerpo.

Por un momento, pensó que, vivir en un paraíso tan perfecto y emocionante como aquél, la estaba condenando de por vida, una vez que todo terminara, a buscar desesperadamente a otro hombre que pudiera llegar a hacerla sentir algo que fuera remotamente parecido y que pudiera durar más de unas cuantas semanas.

—Estás tan preciosa que podría comerte ahora mismo.

Tegan abrió los ojos y vio a Maverick en la puerta del baño, con los ojos clavados en sus pechos, que sobresalían por encima de la superficie del agua. Sus pezones se irguieron en el acto al ver que él también estaba excitado.

—Pues entonces, ¿a qué esperas? ¡Cómeme!

Un par de días después, Maverick la sorprendió con un regalo, una pequeña cajita azul oscuro que descansaba sobre la almohada.

—¿Qué es esto? —preguntó Tegan.

—Un pequeño detalle.

—No tienes que comprarme nada.

—Lo sé. Ábrelo.

—No —dijo Tegan—. Quiero dejar esto claro. Ya haces demasiado comprándome tanta ropa. No quiero que hagas nada más. No hay ninguna necesidad.

—¿No te gustan las joyas?

—No las necesito. Me parecen una ostentación inaceptable cuando en el mundo hay tantos millones de personas que pasan hambre. Es un desperdicio, un derroche innecesario.

–A mí no me importa hacerlo.

–Pero hay gente en el mundo que no tiene absolutamente nada, sólo su mísera comida diaria y la esperanza de que las cosas cambien algún día. ¿No crees que podrías gastar tu dinero de una forma más útil?

–¿Desde cuándo estás tan concienciada con los problemas del mundo? –preguntó Maverick abriendo la cajita con impaciencia y mostrándole una cadena dorada de Tiffany que dejó a Tegan casi sin respiración–. Compré esto porque quise. Disculpa.

–Pero, Maverick… –protesto ella de nuevo mientras él pasaba la cadena alrededor de su cuello.

–Y porque quiero que te la pongas siempre que hagamos el amor –añadió tumbándola en la cama, poniéndose sobre ella y sujetando sus pechos sin dejar de mirarla–. De ese modo, siempre que la lleves puesta te acordarás de…

Tegan emitió un gemido ahogado cuando Maverick la penetró, llenándola completamente, haciendo que todo lo demás dejara de importar.

Maverick le había dicho que aquello duraría dos semanas, tres como mucho. Sin embargo, ese tiempo ya había pasado y Tegan no veía que aquella loca pasión estuviera apagándose. Trabajaban juntos durante el día, dormían juntos por la noche y aprovechaban cualquier momento libre para hacer el amor.

Hasta entonces, Tegan había temido el momento en que aquel mundo maravilloso llegara a su fin.

Después de pasar con él todas aquellas semanas, lo que empezaba a temer era que aquella pasión no se terminara a tiempo.

Tegan giró la cabeza y observó el ritmo pausado de la respiración de Maverick, el movimiento ininterrumpido de su pecho subiendo y bajando, las finas facciones de su rostro. Los primeros rayos de luz de la mañana se filtraban a través de las persianas, ajedrezando sus cuerpos.

No. El problema de verdad no consistía en saber si aquella historia se terminaría antes del regreso de Morgan.

El problema era más complicado.

No quería que se terminara.

¡Qué estúpida había sido! Se había convencido a sí misma de que todo aquello podía tener algún aspecto positivo, que podía ser la solución perfecta a la extraña situación en que se había visto envuelta, pero, en realidad, siendo sincera, lo había hecho por ella misma, había cedido a una tentación irresistible.

Tegan volvió la cabeza y miró el techo de la habitación. En unas pocas horas, Maverick saldría con Phil Rogerson hacia Milán para cerrar de una vez por todas el acuerdo con Zeppabanca. Pensar que no iba a poder estar con él, aunque sólo fuera por unos días, se le hacía insoportable. Si se sentía de aquella manera por una tontería, ¿qué ocurriría cuando él la abandonara definitivamente?

Porque ese momento iba a llegar, antes o después. Él mismo lo había reconocido. De hecho, el tiempo que se habían dado ya había expirado. El día fatídico podría llegar en cualquier momento, y, para ella, sería como un jarro de agua fría, como si el universo entero se derrumbara.

Estaba sumida en esos pensamientos cuando sintió que Maverick abría los ojos lentamente, estiraba torpemente las piernas y, abrazándola, la atraía hacia él.

–Podrías venir conmigo a Milán –dijo jugando con sus pechos.

–No es necesario. No me necesitarás para firmar un par de documentos. Estaré aquí cuando vuelvas.

–Eso espero –replicó él besándola.

La corriente que atravesó su cuerpo en ese momento casi llegó a convencerla de mandarlo todo al diablo y viajar con él a Milán con su propio pasaporte.

–¿A qué hora sale mi avión?

–A las once y cuarto.

–Bien. Tenemos tiempo.

Tegan acababa de regresar a la oficina después de la hora de comer cuando sonó el teléfono.

–¡Tiggy! Perdona por llamarte a la oficina. Te he dejado varios mensajes en el contestador y, como no me llamabas, había empezado a preocuparme. ¿Puedes hablar un momento?

–Lo siento –dijo Tegan sentándose ante su escritorio con un repentino sentimiento de culpabilidad.

Dormir con Maverick era tan maravilloso que casi se había olvidado completamente de su hermana.

–He estado muy ocupada, pero sí, podemos hablar. ¿Qué tal va esa pierna?

–No te lo vas a creer. Los médicos me han dicho que, si sigo así, podré volver a casa para Navidades. Estoy deseando regresar.

Navidades. Sólo faltaban tres semanas para eso. Siempre había sabido que la aventura con Maverick tendría que acabarse, que el regreso de su hermana la convertiría en una historia imposible, pero tener una fecha concreta lo hacía todo más real. Y, sobre todo, más difícil.

–Vaya, queda muy poco tiempo –dijo Tegan sin mucho entusiasmo.

–Así podrás volver a tu vida, a estas alturas seguro que ya estás harta de Maverick.

–No es tan malo como parece. Además, ahora mismo está en Italia, ha ido a cerrar definitivamente el proyecto.

–Me alegro, así no tendrás que estar con él tanto tiempo. ¿De verdad que no se ha dado cuenta de nada?

–Creo que he conseguido que no note la diferencia.

–Muchas gracias, Tiggy. Eres una hermana maravillosa.

Tegan sintió deseos de decirle a su hermana que no era tan maravillosa como ella creía. De saber Morgan que se había acostado con Maverick, seguro que cambiaría de opinión. Pero no lo hizo. Se limitó a asentir con un leve murmullo.

Su hermana no se merecía regresar a casa, después de haber tenido aquel accidente, para descubrir el lío en que Tegan había convertido su vida. Lo único que deseaba era que no se complicara todavía más.

Seguramente, se estaba preocupando innecesaria-
mente. Al fin y al cabo, sólo tenía un retraso de dos
días. Después del tiempo que había pasado en los
campos de refugiados y de haber estado enferma
con aquel virus, sus ciclos menstruales se habían
vuelto un poco aleatorios. Además, habían usado
protección en todo momento. La probabilidad de
que estuviera embarazada era prácticamente nula.
No debía preocuparse por una tontería y, mucho menos, decir nada que pudiera alarmar a su hermana.

Tegan cambió de tema y empezaron a hablar de
hospitales, de Hawái y de los trucos que había usado
para hacerse pasar por su hermana. Cualquier cosa
con tal de no hablar de Maverick.

El acuerdo con Zeppabanca ya estaba cerrado, los
documentos firmados y el servicio de catering del
avión impecable, como siempre. Maverick apoyó la
espalda en el asiento, estiró las piernas y sonrió.
Todo marchaba a la perfección.

En unas horas, estaría de vuelta y todo sería incluso mejor. Cinco días habían convertido su deseo
casi en una obsesión.

A su lado, Phil Rogerson dejó el periódico sobre
la mesita, al lado de su vaso de whisky, y suspiró.

—Ha sido un buen viaje, pero estoy deseando volver a casa.

«Desde luego», pensó Maverick, que se estaba
imaginando a Morgan esperándole en el aeropuerto,
con sus bellísimos ojos y sus largas piernas esculturales vestidas con las medias de seda que tanto le
excitaban.

–Lo único malo es el jetlag –dijo Rogerson bebiendo un trago.

Maverick sabía perfectamente qué iba a hacer con su jetlag, enterrarlo dentro del cuerpo de Morgan.

–Por cierto –comentó de nuevo Rogerson–, tengo un coche esperándome en el aeropuerto. Si quieres, puedo llevarte…

–Muchas gracias, Phil –dijo Maverick–, pero ya he hecho planes.

–¿Va a ir a buscarte Morgan?

–Sí.

–Respeto mucho a esa joven. Y la admiro. Eres un hombre afortunado.

–Es mi secretaria –replicó Maverick con un extraño ataque de celos–. Eso es todo.

–Vaya, veo que me he equivocado –dijo Rogerson mirándolo.

–Intimar demasiado con los empleados nunca me ha parecido buena idea.

–¿En serio? A mí nunca me ha importado, aunque tal vez lo diga porque yo me casé con mi secretaria. Tardé más de seis meses en armarme de valor, pero, ya ves, llevamos cuarenta y cinco años de matrimonio. Doris es lo mejor que me ha pasado en la vida.

–Demasiado peligroso –insistió Maverick.

–¿Sabes? Eso fue lo primero que me hizo darme cuenta de que tu secretaria, Morgan, es una joven especial. Estaba allí pensando, en la sala de reuniones, intentando valorar qué debía hacer, cuando vino ella y me convenció. Me dijo que hay ocasiones en las que una persona debe arriesgarse para conseguir lo que quiere. Eso fue lo que yo hice en su momento con Doris, y me salió bien. Es una chica fantástica.

Maverick asintió. Estaba completamente de acuerdo con Rogerson. Lo que no podía comprender era por qué había tardado tanto tiempo en darse cuenta.

Hecha un manojo de nervios, con el estómago dándole vueltas y la garganta seca, Tegan esperaba en la terminal de llegadas del aeropuerto.

El correo electrónico que le había enviado Maverick le había puesto en tensión. Saber que deseaba verla en cuanto bajara del avión sólo podía significar una cosa: aquella historia estaba lejos de haber terminado. Y, como siempre le había ocurrido, a pesar de que su cabeza le había enviado señales de advertencia, su cuerpo deseaba verlo de nuevo cuanto antes.

Tampoco Tegan quería que se acabara. Quería hacer el amor con él otra vez, aunque fuera una última vez. Sólo una vez más. ¿Acaso era mucho pedir? Después, todo podría volver a la normalidad y cada uno podría seguir con su vida.

Las puertas se abrieron y Maverick, imponente en su enorme estatura, apareció enseguida con un maletín en una mano y una maleta en la otra.

Sus miradas se encontraron y, por un momento, todo alrededor de ellos desapareció.

Allí estaba él de nuevo.

No iba a durar para siempre.

Podía, incluso, terminarse en cualquier momento.

Pero, al menos, Tegan ya estaba segura de que, aunque eso sucediera, siempre le quedaría el consuelo de tener algo suyo para siempre. Algo que la ayudaría a sobrellevar el dolor de estar lejos de él, algo con lo que soportar la idea de haberle perdido para siempre, algo con lo que recordar que aquellas semanas habían valido la pena.

Ni siquiera la perspectiva de ser una madre soltera, sin trabajo y sin una casa propia conseguía enturbiar el placer de llevar un hijo suyo dentro de ella. Tenía ahorrado dinero suficiente para afrontar cualquier problema que pudiera presentarse.

El padre de su hijo se acercó a ella, con un inequívoco cansancio reflejado en el rostro por el largo viaje, el pelo despeinado y, a pesar de todo, tan atractivo como siempre.

Maverick la sonrió con esos labios que la volvían loca y Tegan fue incapaz de detener su imaginación, que ya estaba rumbo a la casa de él, a la habitación que les estaba aguardando.

–Hola, Morgan –dijo Phil Rogerson–. Me voy corriendo, tengo un coche esperando fuera. Supongo que os veré a los dos muy pronto.

Cuando Rogerson se marchó, Maverick la miró fijamente de arriba abajo.

–Vamos a casa –sonrió.

–¿Quieres conducir tú? –le preguntó Tegan cuando llegaron al pequeño Honda de Morgan, abriendo el maletero para que él dejara el equipaje.

Sin abrir la boca, Maverick metió la maleta en el coche y negó con la cabeza.

–Hoy quiero el servicio completo.

Tegan tembló por completo. Sus fantasías estaban consiguiendo excitarla cada vez más.

Tenían muchas cosas que hacer. Además, Tegan

tenía algo muy importante que decirle. Ya no le importaban las consecuencias para ella o lo que pudiera ocurrirle a su hermana. Debía hacerlo.

Pero, antes, quería disfrutar por última vez de aquel sexo tan embriagador que sólo él era capaz de darle. Sabía que no se estaba comportando correctamente, pero no le importaba. Necesitaba desesperadamente sentirlo dentro de ella una vez más.

Fue un trayecto complicado. Maverick, inclinado hacia ella, estuvo constantemente recorriendo su pelo con sus suaves dedos mientras ella intentaba concentrarse en la carretera.

Después, empezó a acariciarle el cuello, deteniéndose en cada uno de los eslabones de la cadena dorada que él le había regalado, besándole suavemente la piel.

—Te he echado de menos —dijo él—. He echado mucho de menos tu piel.

Tegan se debatía entre la conducción y sus fantasías.

—También los he echado mucho de menos a ellos… —dijo introduciendo una mano por su ropa y sosteniéndole un pecho, jugando delicadamente con su pezón.

Tegan se estaba poniendo cada vez más nerviosa. No había mucho tráfico y ya estaban muy cerca de la casa de Maverick, pero no estaba segura de ser capaz de contenerse por más tiempo.

—Pero, sobre todo, lo que más he echado de menos es esto —añadió deslizando su mano entre las piernas de Tegan.

—¡Maverick! —exclamó ella con el cuerpo al rojo vivo—. ¡No hagas eso! ¡Estoy intentando conducir!

Tegan intentó apartar su mano, pero lo hizo sin mucha convicción. Le excitaba hasta la locura lo que él le estaba haciendo, no quería que parara, le encantaba que Maverick pensara sólo en ella, ser el centro de su mundo.

—¿No puedes conducir más rápido? —preguntó besándola en el cuello.

—Si voy más rápido, excederé el límite de velocidad —murmuró ella apenas en un susurro, dominada por olas de pasión que la mecían a su antojo.

Una parte de ella quería detenerse en mitad de la carretera y dejar que Maverick hiciera con ella lo que quisiera. Sin embargo, otra parte sabía que aquel juego peligroso era mucho más erótico. Todo lo relacionado con él había sido siempre para ella peligroso y erótico.

—¿Qué ocurre? —preguntó Maverick advirtiendo que estaba deteniendo el coche.

—El semáforo está en rojo.

—Perfecto.

Apenas había puesto el punto muerto cuando Maverick se abalanzó sobre ella, le bajó las bragas y empezó a acariciarla en lo más íntimo de su cuerpo mientras la besaba con tanto ardor que parecía estar a punto de devorarla. Tegan llevaba tanto tiempo excitada, llevaba tanto tiempo deseando que él la tocara, que explotó sin poder evitarlo y tuvo un orgasmo allí mismo.

Aquello era una auténtica locura. Aunque no hubiera mucho tráfico a esa hora, estaban a plena luz del día, en la carretera principal que recorría la Costa Dorada.

—Ya veo que me has echado de menos —dijo Maverick alisándole la falda y ayudándola a recomponerse.

–Qué gran poder de deducción –ironizó Tegan.

El semáforo se puso en verde y Tegan arrancó.

Cuando llegaron a la isla, hicieron el amor una y otra vez como si llevaran siglos sin verse. Mientras Tegan lo tenía dentro de ella, llenándola por completo, sintiendo aquel perfecto cuerpo masculino, que parecía hecho sólo para ella, dándole placer, pensó que tal vez Maverick sabría perdonarle todas las mentiras y alegrarse al saber la noticia que tenía que darle.

Pero sólo fue un instante, porque entonces Maverick la penetró de nuevo y volvió a transportarla a un lugar en el que la razón no existía, a un lugar donde sólo estaban ellos dos y millones de estrellas que los resguardaban del mundo exterior.

–Ya estoy aquí.

Maverick entró en la habitación con dos copas y una botella de Dom Perignon envuelta en hielo. Fuera, la noche se estaba haciendo poco a poco dueña de la ciudad.

Sentada en la cama, Tegan le observó tomar la botella, quitar el corcho y llenar las copas con una irreprimible tristeza que contrastaba con la explosión de alegría y placer que había experimentado desde que habían llegado del aeropuerto.

–¿Qué estamos celebrando? –preguntó Tegan tomando la copa rebosante de champán y bebiendo un poco para que no se derramara sobre la cama–. ¿La firma del contrato?

–Por ejemplo –respondió él sentándose junto a ella–. O, mejor, podemos celebrar que estoy en la cama con la mujer más hermosa del mundo –añadió dándole un pequeño paquete con la firma de Bulgari.

–Ya te he dicho que no quiero que me hagas regalos.

–Quería hacerlo. Ábrelo.

Tegan desató el nudo, quitó el lazo que lo rodeaba y, al abrirlo, vio asombrada un brazalete de diamantes.

–¿No te gusta?

–Es precioso –admitió Tegan notando que su corazón estaba empezando a romperse–. Pero no me lo merezco.

–Yo creo que te lo mereces todo –replicó Maverick sacando el brazalete de su caja y poniéndoselo a Tegan en la muñeca–. ¡Por ti! –exclamó él bebiendo un poco de champán.

Tegan sintió las manos de él recorrer su cuello. Allí estaba ella, bebiendo una copa del mejor champán del mundo, en la cama con un hombre increíble, todavía con su sabor en los labios y el cuerpo agotado por el sexo. Y, sin embargo, dentro de ella, sabía que todo estaba a punto de terminarse.

¿Había alguna forma de salvar aquella historia? Si, al menos, él sintiera algo por ella… Aquel beso, aquellos regalos, ¿sólo eran producto de la pasión o escondían algo más?

–¿No te gusta el champán? –preguntó él.

–Maverick… –empezó Tegan sabiendo que el momento había llegado–. Tengo algo que decirte.

–Eso me suena mal –dijo Maverick confuso dejando a un lado la copa de champán–. ¿Qué ocurre?

–Muchas cosas… –titubeó ella sin saber de qué forma podía decirle la verdad, decirle que estaba embarazada.

Entonces, se dio cuenta de que antes necesitaba descubrir si él sentía algo por ella. Tal vez saberlo no supusiera ninguna diferencia, puede que todo se acabara de todas formas, pero, al menos, si lo que habían compartido juntos durante aquellas semanas había sido algo más que sexo y deseo, Tegan podría guardarlo como un tesoro toda su vida.

–Cuando todo esto empezó… –comenzó indecisa–, dijiste que no duraría más de dos o tres semanas.

–¿Te molesta que estemos tan bien juntos?

–Por supuesto que no…

Tegan empezaba a notar la confusión de él, pero debía seguir la conversación de la mejor manera posible.

–Pero… No entiendo lo que está pasando –dijo Tegan.

–¿Qué hay que entender? –preguntó Maverick besándola–. Estamos juntos, tenemos una relación y el sexo es maravilloso. ¿Qué más hay que saber? ¿Por qué complicar las cosas?

Tegan lo miró mientras las últimas palabras que había pronunciado Maverick se hundían en su corazón como una fría espada. No había nada que hacer. Para él, aquello no era más que una relación pasajera llena de pasión que antes o después acabaría por terminarse.

–No, claro, no hay ninguna razón –disimuló Tegan–. Simplemente, me sorprende que todavía no se haya acabado. Parecías tan seguro de que sólo duraría un par de semanas…

–Yo estoy tan sorprendido como tú, pero... ¿qué le vamos a hacer?

–Me gustaría hacerte una pregunta, ¿qué ocurrió con aquella mujer? ¿Qué fue lo que te hizo tanto daño?

–¿Tina? Olvídalo. Era una falsa y una mentirosa. Se quedó embarazada y…

El sonido del móvil interrumpió la conversación. Maverick lo tomó para comprobar quién estaba llamando y, al verlo, respondió a la llamada.

–Espera un momento, es Nell.

Tegan asintió tímidamente, pero estaba muy lejos de allí. No hacía más que repetirse las palabras que acababa de decirle.

«Se quedó embarazada… Era una mentirosa…», resonaba en su cabeza una y otra vez.

Si aquello era todo lo que había sucedido, ya no quedaba ninguna esperanza.

El corazón de Tegan se quebró.

Capítulo 10

TEGAN se levantó de la cama dispuesta a vestirse, reunir fuerzas y decirle a Maverick toda la verdad en cuanto terminara de hablar por teléfono.

—¡Has estado fuera! —exclamó la abuela de él al otro lado del aparato.

Sí, he estado unos días en Italia —admitió Maverick con un vago sentimiento de culpabilidad levantándose de la cama y apoyándose en el cristal de la ventana, desde donde se veía la ciudad envuelta en la oscuridad de la noche—. Te lo dije antes de irme, ¿no te acuerdas?

—Bueno, eso ya no importa —contestó ella dando largas al asunto—. Lo importante es que he encontrado una solución para estas Navidades.

Maverick suspiró ante la expectativa de que su abuela volviera a sacar el tema de sus padres.

—¿Qué se te ha ocurrido? —preguntó con resignación.

—No entiendo cómo no se te ocurrió antes. Aunque, ahora que lo pienso, a lo mejor lo hiciste y lo has estado guardando en secreto para darme una sorpresa… ¿Es eso?

—¿De qué estás hablando? —insistió él empezando a perder la paciencia.

–Vanessa. Hablo de Vanessa. ¿Por qué no le pides que venga a comer con nosotros? Estoy segura de que estará encantada.

–¿No se te ha ocurrido que seguramente ella ya habrá hecho planes? –preguntó Maverick dándose la vuelta y sorprendiéndose al verla vestida y poniéndose los zapatos.

¿Es que pretendía marcharse? ¿No iba a quedarse con él?

–¿Es que no se lo has preguntado todavía?

–Abuela, es mi secretaria.

Al escuchar el comentario de Maverick, Tegan lo miró atentamente con los zapatos en la mano.

–¿Y qué quieres decir con eso? ¿Es que ella no celebra las Navidades? –continuó Nell–. Además, me he fijado en cómo la miras. Estás loco por ella. Serás un estúpido si dejas que se te escape.

Por un momento, Maverick sopesó la idea de su abuela. No era tan descabellada. Morgan podría conseguir que su abuela disfrutara de las fiestas como hacía mucho tiempo que no lo hacía.

–De acuerdo, abuela –accedió él–. Pero tengo una idea mejor. Hemos organizado una comida de Navidad con la gente del proyecto del Royalty Cove, será fantástica y Vanessa estará allí. Te lo prometo.

Maverick quedó en llamarla al día siguiente, colgó el teléfono y miró a Morgan. Parecía nerviosa, o preocupada por algo.

–Maverick, tengo que… –dijo ella acercándose a él.

–Vendrás a la comida de Navidad del Royalty Cove, ¿verdad?

–¿Perdón? –preguntó Tegan sorprendida.

–La comida de Navidad… Nell quiere celebrar estas Navidades como Dios manda y le gustaría que estuvieras allí. He pensado que la mejor solución es llevarla a la comida de la gente del Royalty Cove. No será el día de Navidad, pero seguro que Nell ni siquiera se da cuenta.

–No creo que… –empezó a decir Tegan negando con la cabeza.

–Le harías a Nell un gran favor. Lleva años insistiendo con lo mismo. Estar contigo sería como un regalo para ella.

–¿Por qué haces esto? –preguntó ella exasperada.

–¿Hacer qué? A Nell le caes bien. Además, ibas a asistir a esa comida de todas formas –dijo posando su mano en el hombro de ella–. A mí también me gustaría mucho que fueras.

«Cuando sepas la verdad, no tendrás tantas ganas de que vaya a esa comida contigo», pensó Tegan.

–No sé si podré hacerlo.

–¡Claro que podrás! Es una comida de trabajo.

–Pero es un sábado. No estoy obligada a ir.

–Pero a mí me gustaría mucho que fueras, y a Nell también. Y te advierto que cuando se le mete algo en la cabeza no se da por vencida. Nunca ha aceptado un no por respuesta.

–Ya veo que lo lleváis en los genes.

¿Es que nunca iba a poder librarse de aquella mentira? Cuanto más lo intentaba, más profunda y peligrosa se hacía.

–Hacer a mi abuela feliz significa mucho para mí –añadió Maverick.

«¿Y qué hay de mí? ¿Es que yo no te importo nada?», pensó ella.

–De acuerdo –accedió finalmente Tegan sabiendo que se iba a arrepentir de tomar aquella decisión, sabiendo que aquello sólo podía hacer que las cosas fueran a peor–. Iré.

Tegan decidió mirar las cosas por el lado positivo. Tenía todavía dos semanas más para disfrutar de aquel mundo de ensueño, catorce días enteros que pasar junto a él sintiéndose una mujer especial.

Como si fuera una niña, estuvo contándolos uno a uno, viendo cómo el tiempo consumía uno a uno los días que le quedaban, tachándolos en el calendario con ansiedad, con dolor, como si, con cada marca, la vida estuviera clavándole una espina indeleble en el corazón.

Cuando, el día anterior a la comida de Navidad, su hermana, Morgan, regresó, le fue muy difícil ocultar su tristeza. Al día siguiente, le contaría todo a Maverick. Esperaría a que terminara la celebración para no aguarle la fiesta a su abuela. Todo terminaría muy rápido.

Morgan descendió del avión sentada en una silla de ruedas. Las dos hermanas rompieron en lágrimas y se abrazaron en cuanto se vieron. Morgan estaba emocionada por estar de vuelta en casa. Tegan por todo lo que estaba a punto de perder. Pero, por encima de todo, lloraron de alegría por estar juntas de nuevo.

–Creí que ya estabas mejor –comentó Tegan al ver la dificultad de su hermana al entrar y salir del coche, el gesto de dolor que invadía su rostro al entrar por la puerta de la casa–. No hay que volver al trabajo hasta después de Año Nuevo, pero... ¿crees que estarás recuperada para entonces?

—Tengo que hablar contigo sobre eso —contestó Morgan derrumbándose en el sofá del salón para alivio de su pierna.

—¿Qué quieres decir? —preguntó Tegan alarmada—. Pensé que, en cuanto volvieras, te reincorporarías al trabajo.

—Yo también lo creía, pero los médicos me han dicho que voy a necesitar varias semanas todavía para recuperarme e ir a un fisioterapeuta. Estuve pensando si debía pedirte que siguieras haciéndote pasar por mí....

Tegan estaba a punto de desmoronarse.

—Pero después pensé que ya has hecho suficiente —continuó Morgan—. No puedo pedirte más. Tal vez haya llegado el momento de renunciar a este trabajo.

—Pero... ¡Es toda tu vida! ¡Lo adoras!

—Sí, pero no puedo abusar más de ti. Sé lo difícil que te ha debido de resultar estar con Maverick, que ya no puedes más, que estás deseando dejarlo. No puedo pedirte que continúes.

—Morgan... —empezó Tegan con una punzada de culpabilidad—. En realidad, no es para tanto. No es tan malo.

—¿Que no es tan malo? —preguntó su hermana con los ojos como platos—. ¿Estamos hablando de la misma persona?

—¡Dios mío, Morgan! ¡No puedo más! Lo he liado todo. Vas a odiarme cuando sepas lo que ha pasado.

—¿Cómo? ¿Qué ha pasado? ¿Qué has hecho? ¿Olvidarte de recoger la ropa de Maverick de la tintorería?

–Peor –dijo Tegan negando con la cabeza–. Mucho peor.

–Hermanita… –murmuró Morgan con dulzura al ver su rostro de preocupación–. ¿Qué ha pasado?

Tegan respiró hondo y la miró fijamente.

–Creo que me he enamorado de él.

–¿De Maverick? –preguntó Morgan incapaz de creerlo–. Imposible. Completamente imposible. ¿Cómo ha podido suceder?

–No lo sé, pero ha sucedido. Quise mantenerme lo más alejada posible de él, mantenerle a distancia, pero no pude.

–¿Qué? –preguntó Morgan como si le hubieran disparado una bala en el estómago–. ¿Me estás diciendo que te has liado con mi jefe?

–Te prometo que no quería hacerlo –admitió Tegan.

–No me lo digas… –la interrumpió Morgan susceptible–. No pudiste evitarlo –añadió en tono sarcástico.

–Lo siento mucho, de verdad. ¿Por qué crees que tenía tanto interés en que volvieras cuanto antes? Sabía perfectamente que estaba complicando las cosas. ¡Se suponía que ibas a estar fuera sólo una semana!

–Lo sé, pero… ¡Cielos! ¡Te has liado con él! ¡Con mi jefe! ¿En qué demonios estabas pensando?

–Morgan, no es tan fácil. Maverick puede ser un cabezota, autoritario y demasiado exigente, pero… ¡Dios! ¡Es tan atractivo!

–Podría llegar a estar de acuerdo, pero… ¡No se lía con sus secretarias! ¡Te lo dije!

–¿Qué quieres que te diga? A lo mejor deberías recordárselo a él. Mira, lo siento mucho, de verdad. No quería que todo llegara hasta este punto. Él dijo que cualquier cosa que pudiera haber entre nosotros acabaría muy pronto. Yo también lo creía, y pensé que sucedería antes de que tú regresaras. Pero no ha sido así. Y mañana, debo asistir a una comida de negocios con el equipo del Royalty Cove, con él y con su abuela. Y ahora tú has vuelto, él sigue pensando que soy tú, llevo mintiendo a todo el mundo desde hace semanas… ¡Cielos! ¡Ya ni siquiera sé quién soy yo!

Tegan se echó a llorar desconsoladamente, como si todo el peso que había estado aguantando durante todas aquellas semanas, se hubiera derrumbado de pronto sobre sus hombros. Morgan abrió los brazos y la acogió, acariciándole la cabeza intentando tranquilizarla.

–Vamos… Tiggy… No te preocupes. Encontremos la forma de solucionarlo todo. Haberte liado con él, haberte enamorado… Tal vez no haya sido la mejor idea del mundo, pero… Mira el lado bueno.

–¿Lado bueno? ¿Qué lado bueno?

–Claro –contestó Morgan–. Siempre podría ser peor. Podrías haberte quedado embarazada.

Las lágrimas de Tegan empezaron a fluir con más intensidad todavía y comenzó a emitir gemidos desesperados.

Morgan se echó hacia atrás para mirar a los ojos a su hermana.

–¡Oh! ¡Dios, Tiggy! –exclamó abrazándola de nuevo–. Por favor, eso no, eso no.

Y el día llegó. El cielo amaneció despejado, con un sol brillante y un grupo de nubes blancas a lo lejos que presagiaban una noche fresca.

Se levantaron pronto para desayunar. Morgan se tomó su primer café con leche decente en varias semanas y Tegan intentó tomar algo de la taza de té y los huevos fritos que su hermana le había preparado. Ya llevaba varios días despertándose con el estómago revuelto, pero no sabía a ciencia cierta si se debía a su embarazo o a lo nerviosa que estaba.

–Creo que debería ir contigo –dijo Morgan–. No creo que puedas afrontarlo sola, tal y como estás.

–No. He sido yo quien lo he liado todo, debo ser yo quien lo afronte.

–Pero fui yo quien te metió en esto. Tú sólo accediste para hacerme un favor.

–Tú no me obligaste a liarme con él ni a quedarme embarazada. Fue culpa mía.

–Pero, Tiggy…

–Gracias, hermanita –la interrumpió Tegan–. Pero debo hacerlo yo sola. Cada vez que he intentado decirle la verdad, ha sucedido algo que lo ha impedido. Debo detenerlo todo ya. Además, no creo que fuera buena idea que te encontraras con Maverick ahora mismo.

–Antes o después querrá hablar conmigo. Probablemente para cantarme las cuarenta, pero yo también le debo una disculpa.

–Lo sé, pero… déjame que sea yo quien le diga toda la verdad, ¿vale?

–Como quieras. De todas formas, a lo mejor te estás precipitando. Puede que él también sienta algo por ti y que acoja la idea de tener un hijo como un regalo.

–Sería bonito, sí, pero no ocurrirá. Ya se me ocurrió a mí también, así que le pregunté por su antigua secretaria, Tina. Me dijo que le había traicionado quedándose embarazada. Que era una mentirosa. No creo que se ponga muy contento cuando sepa que ha vuelto a cometer el mismo error.

–Entonces, ¿cuál es el plan?

–Le dije que me encontraría con él en su casa a las doce –dijo Tegan tomando un sorbo de té–. Eso me da dos horas y media para arreglarme, mentalizarme y preparar la mejor de mis sonrisas –añadió con la sensación de estar preparándose para asistir a su propia ejecución.

Maverick dejó las bolsas con las compras que había hecho en el asiento de atrás del coche y arrancó su Mercedes con un gesto de satisfacción. Era la primera vez en mucho tiempo que se sentía realmente contento en Navidades. Por primera vez, estaba deseando pasarlas con su abuela.

Y todo se lo debía a Nell. Aunque fuera difícil aceptarlo, había tenido una idea excelente. Puede que no fuera el día de Navidad propiamente dicho, pero era el mejor plan que había tenido en mucho tiempo. Era más que suficiente.

Maverick abrió la ventanilla del coche y sintió al aire jugando con su pelo. Estaba deseando ver a Morgan. Se había acostumbrado a tenerla cerca. ¿Quién lo hubiera dicho unas semanas atrás? ¿Quién hubiera podido predecir que acabaría teniendo una historia con su secretaria, una historia tan larga? Lo más sorprendente, era que no tenía ningún deseo de que terminara. Disfrutaba de Morgan cada segundo que pasaba con ella.

Tal era la plenitud que sentía a su lado que había intentado convencerla para acompañarla a su casa y recibir a su hermana, pero ella había insistido en hacerlo sola. Y, aunque sabía que iba a verla muy pronto, había pasado toda la noche pensando en ella, tocando su lado de la cama, intentando descubrir restos de su olor entre las sábanas. Por primera vez en varias semanas, se había despertado sin tenerla entre sus brazos. Y no le había gustado. Se había sentido solo.

Maverick miró la carretera y se dio cuenta de que no podía esperar hasta las doce. Necesitaba verla cuanto antes. Además, no tenía sentido que Morgan fuera hasta la casa de él cuando la residencia de Nell y el restaurante estaban, justamente, en la dirección contraria.

Ir a buscarla era una idea mucho mejor. Y si conseguían encontrar un rato antes de ir a buscar a Nell… Entonces sería redondo.

Cuando llamó por primera vez a la puerta, no hubo respuesta. Estaba pensando en que debería haberla llamado por teléfono antes de presentarse en su casa cuando la puerta se abrió.

—Feliz Navidad, Morgan —dijo Maverick extendiendo la mano con un pequeño regalo.

Su secretaria apenas reaccionó, como si estuviera en estado de shock. Entonces, Maverick reparó en su pierna. Estaba escayolada.

—¿Qué te ha pasado? —preguntó él sorprendido—. ¿Por qué no me has llamado?

Algo se movió dentro del apartamento. De pronto, una mujer apareció vestida con un traje muy elegante y con una toalla enrollada en la cabeza.

¡También era Morgan!

Las dos lo miraban como si el aire se hubiera detenido súbitamente, como si se hubieran quedado paralizadas.

Maverick sabía que Morgan tenía una hermana, pero... ¿qué diablos significaba aquello?

La mujer que le había abierto la puerta se volvió hacia la otra.

—¡Oh, Tiggy! ¡Lo siento!

Capítulo 11

QUÉ DIABLOS está pasando aquí? –preguntó Maverick en tono agresivo.

Tegan tragó saliva y deseó que se la tragara la tierra. No estaba en absoluto preparada para aquello. Entonces, se dio cuenta de que su hermana estaba en la puerta, frente a él, y que estaría todavía más nerviosa que ella.

–Maverick, todo es culpa mía –dijo Tegan dando un paso al frente.

–No –replicó Morgan desde la puerta–. La culpa es mía.

–¿Qué es culpa vuestra? –preguntó Maverick sin moverse.

–¡Todo! –exclamaron ambas a la vez.

Maverick no entendía nada de lo que estaba pasando, pero, a pesar del increíble parecido entre las dos, sabía perfectamente que la mujer a la que había ido a ver era la que estaba al fondo del apartamento con una toalla enrollada en la cabeza.

–Morgan, ¿qué demonios está pasando? –preguntó dirigiéndose a ella.

–Ésa es la cuestión –contestó Tegan con los ojos llenos de pánico–. Yo no soy Morgan.

–¿Que no eres Morgan? ¿Y cómo quieres que te llame? ¿Vanessa?

–Iba a contártelo todo hoy después de comer, pero, ya que estás aquí… Mi nombre es Tegan –admitió–. Morgan es ella –añadió señalando a su hermana, que se había apartado ligeramente de la puerta.

–¿Se puede saber a qué habéis estado jugando vosotras dos?

–Lo siento –contestó Morgan–. Intercambiamos los papeles. Tiggy se hizo pasar por mí. Se suponía que yo sólo iba a estar fuera una semana.

–¿Y pensasteis que os podríais salir con la vuestra?

–Se suponía que no estarías en la oficina en toda la semana, que ibas a estar en Milán –contestó Morgan–. No era mala idea. Pero, entonces, tuve un accidente, me ingresaron en un hospital y no he podido volver hasta ahora.

Entonces, Maverick lo entendió todo.

¿Cómo no se había dado cuenta? Con razón aquella primera semana había notado a su secretaria tan distinta, con razón se había sentido atraído de repente por sus piernas. ¡No era la misma persona!

–¿Y pensaste que podríais seguir engañándome eternamente?

–No quería, pero no tuve otra opción. Tegan aceptó ocupar mi lugar y salvar mi trabajo, y de esa manera…

–¿Tu trabajo? –preguntó Maverick en tono sarcástico–. ¿Sigues creyendo que tienes un trabajo? Debes de estar realmente loca.

La mujer que había estado a su lado las últimas siete semanas, haciéndose pasar por su secretaria, dio un paso al frente y tomó el brazo de su hermana para darle ánimos.

–No hace falta ponerse así –dijo Tegan–. ¿No ves que lo está pasando muy mal?

–¿Y tú? –preguntó él–. ¿Por qué te entrometes?

–Porque es mi hermana. Fui yo la que acepté hacerme pasar por ella. Es conmigo con quien deberías enfadarte, no con ella.

–Deberías habérmelo dicho el primer día.

–¿Y crees que yo no quería hacerlo? ¿Que me gustaba la situación? ¡Por supuesto que no! Pero no pude hacerlo. Mi hermana me lo había pedido y yo se lo debía. No pude hacerlo.

–Se lo debías… ¿Y qué hay del trabajo? ¿Pensasteis alguna de las dos en el trabajo?

–Cumplí con el trabajo. Y lo hice perfectamente, lo sabes de sobra. Si no hubieras sido tan cabezota y le hubieras concedido a mi hermana una semana de vacaciones para que pudiera ir a la boda de su mejor amiga, nada de esto habría pasado.

–No era buena idea.

–¿No era buena idea? ¿Es que no podías hacer una excepción? ¿Esperabas en serio que Morgan sacrificara toda su vida, incluso a su mejor amiga?

–No te vayas por las ramas –dijo Maverick retomando la razón principal de su enfado al darse cuenta de que empezaba a sentirse culpable–. Has estado todas estas semanas haciéndote pasar por ella sin decirme nada. Es intolerable.

–No hace falta que lo repitas, ya estoy pagando las consecuencias.

Maverick miró a las dos mujeres atentamente. Eran prácticamente idénticas, las mismas facciones, los mismos gestos… Sin embargo, mientras una tenía el rostro pálido y el semblante asustado, la otra le miraba desafiante, con el rostro acalorado y la respiración agitada. ¿Cómo no había percibido antes la diferencia? Teniendo a las dos frente a él, se dio cuenta de que Morgan era… Morgan, la misma secretaria profesional que había trabajado con él durante un año y medio pero que, como mujer, le resultaba indiferente. Tegan, en cambio, era completamente distinta a su hermana. Le había bastado estar un solo día en la oficina para cambiarlo todo.

¿Cómo había sido tan estúpido cuando eran como la noche y el día? ¿En qué había estado pensando?

Maverick hizo un acto de contrición. En sus piernas. Había sido ver aquellas piernas extendidas, trepando por encima del escritorio, lo que le había vuelto loco y le había hecho olvidar todos sus principios acerca de las relaciones íntimas entre compañeros de trabajo. Había sido eso lo que le había hecho olvidar que aquella mujer era su secretaria, había sido eso lo que había destruido dentro de su cabeza cualquier otro objetivo que no fuera llevársela a la cama.

Antes de que pudiera responder, Tegan soltó a su hermana, se llevó la mano a la boca y, tapándosela con los ojos cerrados, huyó corriendo para desaparecer detrás de una puerta.

–¿Qué le pasa? –le preguntó Maverick a Morgan, que seguía de pie frente a él.

–Deberías preguntárselo a ella, no a mí.

Por un momento, sin saber por qué, a Maverick le vino a la cabeza el rostro de Tina, aquella mujer fría y calculadora que había sido capaz de utilizar un error por su parte, un embarazo fortuito y no deseado, para solucionarse la vida para siempre.

–¡Morgan! –gritó Maverick yendo hacia la puerta tras la que había desaparecido Tegan, dándose cuenta, tarde, de que la había llamado por el nombre equivocado–. ¿Qué demonios te pasa? –preguntó intentando abrirla sin éxito, ya que ella había echado el cerrojo.

Tras esperar lo que le pareció una eternidad, Maverick escuchó un ruido y, acto seguido, la puerta se abrió. Tegan estaba pálida.

–Estás embarazada –afirmó él con la esperanza de estar equivocándose.

Tegan pasó junto a él, apoyándose con la mano en la pared, sin mirarle.

–También iba a decírtelo hoy –murmuró.

–¡Oh! ¡Claro! Ya me lo imagino… Ya te veo llegar a la comida y decirme: «¡Feliz Navidad, Maverick! ¿Sabes qué? No soy tu secretaria, soy la hermana de tu secretaria. He estado haciéndome pasar por ella todas estas semanas. ¡Ah! Por cierto… Estoy embarazada».

Tegan miró a su alrededor en busca de su hermana, pero no la encontró. Debía de haberse refugiado en su cuarto para no tener que asistir a aquel cruce de acusaciones y revelaciones.

–¿Crees que todo esto es divertido? –preguntó Maverick tomándola del brazo y forzándola a mirarle a los ojos–. Porque te aseguro que no me lo estoy pasando nada bien.

–¿Sabes? –dijo Tegan muy tranquila–. Cuando me agarran de esa forma, me pongo de un humor insoportable. ¿Me puedes soltar, por favor?

Maverick hizo lo que le había pedido y empezó a dar vueltas por la habitación como un animal enjaulado.

Sin dejar de mirarlo, Tegan se llevó la mano al brazo, al lugar donde él la había tocado. No le había hecho ningún daño, apenas la había rozado, pero qué diferente había sido de las otras ocasiones en las que él la había acariciado con ternura.

–¿Se puede saber qué te llevó a pensar que podrías salirte con la tuya? –preguntó Maverick rompiendo el silencio y señalándola con el dedo.

Tegan bajó la mirada y negó con la cabeza.

¿Qué podía decir?

Le había mentido.

Se había quedado embarazada.

Y él se había enterado de la peor manera posible.

Todo se había perdido.

Estaba condenada.

¿Lo habría entendido si hubiera llegado a decírselo ella como había planeado? Ya nunca lo sabría.

Pero, en cualquier caso, se merecía una explicación.

–No tiene nada que ver con salirme con la mía. Simplemente he intentado solucionar las cosas causando el menor daño posible. Iba a contártelo todo hoy, después de la comida con Nell. De hecho, intenté decírtelo varias veces, pero siempre ocurría algo que lo impedía.

–¡Vaya! ¡Qué casualidad!

–No, qué frustrante.

–Y que lo digas –replicó él en un tono que indicaba que no creía nada de lo que estaba diciendo.

–Si vas a sentirte mejor, entonces acepto que sólo fueron excusas para retrasar lo inevitable. He intentado convencerme durante todas estas semanas de que estaba actuando correctamente, pero seguramente me haya equivocado. Sin embargo, ¿crees realmente que he disfrutado mintiendo a todo el mundo, haciéndole creer a todo el mundo que era mi hermana? Ni mucho menos. Creí que sólo sería por una semana, que ni siquiera tendría que encontrarme contigo… En cambio, he conseguido liarlo todo y convertir mi vida en un infierno. Pero, maldita sea, te prometo que intenté decírtelo.

—¿Cuándo?

—Aquel lunes, por ejemplo, justo después de… —Tegan se interrumpió un instante—. El sábado yo me había ido para ir a buscar a mi hermana al aeropuerto. Estaba deseando que regresara para poder contarle todo con la esperanza de que me perdonara por haberme acostado contigo y haber echado a perder su trabajo, pero me encontré con un mensaje en el contestador en el que me decía que había tenido un accidente y que tardaría varias semanas en volver. Me dije que no podía continuar, que no podía seguir mintiéndote, y más después de lo que había pasado entre nosotros. Al lunes siguiente, fui a la oficina dispuesta a sincerarme.

—¡Pero no lo hiciste!

—Empecé a hacerlo. Pero entonces tú me hablaste de Phil Rogerson, de que quería que formara parte del equipo del Royalty Cove, que confiaba en mí… Antes de que me diera cuenta, había aceptado y estaba sentada en el coche contigo. ¿Cómo crees que me sentí? ¿Puedes imaginarte la presión a la que estaba sometida? ¿Cómo iba a decírtelo después de eso? Lo único que hice fue intentar hacer el trabajo lo mejor posible.

—¿Eso es todo?

–No. Después me dijiste que no me preocupara, que lo que había entre nosotros acabaría antes de dos semanas. ¡Dos semanas! –sonrió Tegan–. Era tan tentador… Pensé que podría seguir cumpliendo en el trabajo y estar contigo, al fin y al cabo, mi hermana no iba a volver por el momento. Pensé que podría funcionar.

Tegan hizo una pausa para tomar aire.

–Pero no fue así. Cuanto más tiempo pasaba, más me implicaba, con el trabajo y contigo. Pasaban los días, y nada hacía indicar que lo nuestro fuera a terminar. Y, aunque en el fondo no quería que acabara, sabía que no podía seguir mintiéndote. Entonces, descubrí que me había quedado embarazada…

–¿Y quién es el afortunado?

–¿Cómo eres capaz de preguntarme eso? –dijo Tegan sintiendo como si una bomba hubiera explotado dentro de ella–. No puedo creer que tengas siquiera el valor de…

–Con tantas mentiras… ¿Qué esperas?

–Hemos vivido una relación juntos durante las últimas seis semanas, ¿es que no sabes cómo ha ocurrido? ¿Dónde estabas? No ha habido nadie para mí en todo este tiempo excepto tú. Es tu hijo, Maverick, lo que está creciendo dentro de mí. Importa poco si te lo crees o no, pero es tuyo.

–¡Siempre utilizamos preservativo!

–¡Pues habrá fallado! ¿Qué quieres que te diga?

–¿Cuánto tiempo hace que lo sabes?

–Me enteré cuando estabas de viaje en Milán –admitió Tegan.

–¡De eso hace más de dos semanas! –exclamó él indignado.

Tegan asintió sin decir nada.

—Y ni siquiera cuando lo supiste me dijiste la verdad, seguiste mintiéndome.

—¡Es tu hijo!

—Y a pesar de todo decidiste no decírmelo.

—No, no es verdad, iba a decírtelo. Eres el padre, tienes derecho a saberlo.

—¡Un derecho que querías arrebatarme!

—¡Iba a decírtelo hoy!

—Si no hubiera venido hoy de repente, habrías seguido engañándome y yo seguiría sin saber nada —dijo Maverick furioso negando con la cabeza.

—Mira, intenté decirte que estaba embarazada desde el mismo momento en que bajaste del avión, pero entonces Nell te llamó por teléfono, empezaste a hablar de la comida de Navidad, de que querías que fuera contigo y con ella…

—Pudiste haber insistido, decirme que esperara, que tenías que hablar conmigo.

—¡Te dije que no quería ir! Pero tú insististe, no querías escucharme, para ti lo único que importaba era lo contenta que iba a ponerse Nell y toda la gente del proyecto. Así que acepté por ti. Por la gente del proyecto. Por Nell.

—Por Nell… —repitió Maverick—. Parece que estás acostumbrada a hacer muchas cosas por los demás. Me mentiste para ayudar a tu hermana, seguiste mintiéndome para no darle un disgusto a Nell… Eres una persona muy noble… ¿O será que siempre acabas pagando con los demás tu inmadurez y tu irresponsabilidad? ¿No será que lo que intentas es ver de qué manera puedes obtener el mayor beneficio para ti misma?

–¡Deja de ser tan manipulador! ¡Iba a decírtelo! ¡Intenté decírtelo! Pero fuiste tú el que insististe en que fuera a comer hoy con vosotros para darle una alegría a Nell. Por eso accedí. Sólo por eso.

–¿De verdad? ¿Seguro que no lo hiciste por ninguna otra razón?

–¿Qué quieres decir? –preguntó Tegan perpleja, asustada por lo que implicaban sus palabras.

–Creo que, cuando te dije que iba a haber una comida de Navidad, empezaste a darle vueltas para ver cómo podías sacar el mayor partido a la situación.

–¿De qué estás hablando?

–¿De verdad que no lo sabes? Seguro que habías planeado decir hoy delante de todo el mundo que estás embarazada.

–¿Delante de todo el mundo? ¡Claro que no! Ya te lo he dicho cien veces, iba a decírtelo después de la comida. ¿Por qué habría de hacerlo de otro modo?

–Porque estamos en Navidad –dijo él–. Eso te dio la idea. Soltar la bomba delante de todo el mundo, en estas fechas tan señaladas y tan caritativas, haría que todos sintieran compasión por ti e hicieran presión para que me comportara como un caballero y me casara contigo.

–¿Qué? ¿Qué te pasa? ¿Te has vuelto loco?

–¿Por qué has esperado entonces hasta ahora si no es para aprovechar la oportunidad y casarte conmigo?

–¿Crees de veras que te necesito para sacar adelante a mi hijo? ¡Claro que no!

–Creí que habías dicho que también es hijo mío.

–Eso da igual. Has dejado bien claro que no tienes ningún interés en él. No me importa. Ya te he

contado todo. Ya lo sabes. Ya no tengo ningún re-
mordimiento de conciencia ni nada que ocultar. Por
mí, puedes olvidar que existo y que llevo en mi vientre un hijo tuyo.

–¿Cómo quieres que olvide algo así?

–Fácil, de la misma manera que eres incapaz de
valorar todo el trabajo que he hecho para ti durante
todas estas semanas.

–Por no mencionar el trabajo que has estado haciendo fuera de la oficina –añadió él en tono sarcástico.

Tegan lo miró a punto de echarse a llorar.

–No entiendo cómo eres capaz de hablar de esa
manera. ¿Es que no te has dado cuenta de cómo soy,
aunque sea un poco, en las siete semanas que hemos
pasado juntos?

–Sí –contestó Maverick fríamente–. Me he dado
cuenta de que eres una mentirosa, que no puedo
confiar en ti, que eres capaz de hacer cualquier cosa
para volver las circunstancias en tu propio y único
beneficio.

Tegan no podía creerlo. Se había preparado desde
hacía días para encajar su enfado, su estallido de
violencia verbal, incluso una irrefrenable sensación
de decepción. Pero lo único que no había llegado a
imaginar era aquella censura sistemática de su carácter, de su forma de ser, de todo lo que había hecho y dicho aquellas semanas.

–¡Oh, Dios mío! –exclamó con aprensión llleván-
dose la mano a la boca al sentir que volvía a revol-
vérsele el estómago.

–Ve y haz lo que tengas que hacer –ordenó Maverick señalando el cuarto de baño–. Después vís-

tete. Te esperaré en el coche. Pero te lo advierto, que no se te ocurra decirle ni una palabra a nadie.

—¿Qué? —dijo Tegan agitando incrédula la cabeza—. Debes de estar bromeando. ¿Todavía esperas que vaya contigo…?

—¡Por supuesto! ¡Ve a vestirte! —exclamó él firmemente—. No te librarás de todo esto tan fácilmente.

Todas las mesas del restaurante estaban reservadas, pero la comida del Royalty Cove había sido organizada en un salón privado, rodeado de palmeras, con unas vistas extraordinarias al extenso mar que rodeaba el local. Era un lugar paradisíaco, un lugar diseñado para transmitir tranquilidad y relajación.

—¿No es precioso? —preguntó Nell tomando un sorbo de una copa de champán, ajena a la tensión que existía entre las dos personas que se hallaban sentadas a su lado—. Hacía siglos que no me divertía tanto.

Tegan sonrió de forma forzada y bebió un poco de agua deseando que todo se acabara cuanto antes para que así pudiera volver al lado de su hermana y olvidar aquella incómoda situación.

Había muchas cosas que pensar, muchos planes que hacer. Para empezar, Morgan debía comenzar a ir a rehabilitación y ponerse a buscar un nuevo empleo.

Ella, por su parte, aunque no se veía en absoluto preparada para ello, tenía que mentalizarse para ser una madre soltera y ver cómo y dónde iba a criar al hijo que llevaba dentro de sí. Tenía suficiente dinero ahorrado para los primeros años, sobre todo con-

tando con que la benevolencia de su hermana le per-
mitiera quedarse en su casa una temporada. Pero no
podía seguir dependiendo de ella eternamente. Debía pensar algo. Aquello le había pillado completamente desprevenida, era lo último que hubiera podido imaginarse, pero, una vez que había sucedido,
de nada valía lamentarse.

Pero todos aquellos planes tendrían que esperar
un poco más. Todavía quedaban por servir los postres, el café, las copas… Sólo de pensarlo se le re-
volvía el estómago. Y más al ver que ninguno de los
presentes parecía tener la más mínima prisa por dar
aquello por terminado. Era comprensible. El proyecto del Royalty Cove suponía para ellos un futuro
lleno de nuevas esperanzas. Tenían mucho que celebrar.

A su alrededor, la gente conversaba afablemente
pero, aunque intentaba participar del buen humor
general, no conseguía integrarse con los demás,
hasta todo se convirtió en un rumor informe e in-
comprensible. Mirando su vaso de agua, cerró los
ojos y, por un instante, imaginó que las olas se la lle-
vaban flotando hasta lo más profundo del océano y
le quitaban de encima todos sus problemas, el hijo
no deseado que llevaba en su vientre, el amor no co-
rrespondido que profesaba a Maverick, el imborra-
ble sentimiento de culpa…

Tegan se preguntó si él habría albergado, en lo
más profundo, algún tipo de amor hacia ella, aunque
fuera pequeño. Si, en algunas de las ocasiones en las
que la había tenido entre sus brazos, había experimentado cariño o ternura además de pasión. No
supo responderse a la pregunta, pero se dijo a sí

misma que ya no importaba demasiado, que después de lo que había sucedido en el apartamento de Morgan aquella mañana, cualquier rescoldo de amor habría desaparecido...

–Nell te ha hecho una pregunta –lo había dicho Maverick, que la estaba mirando fijamente, con el rostro serio y una pose agresiva.

Desconfiando de ella, de que a pesar de la advertencia cayera en la tentación de decir algo sobre su embarazo delante de todo el mundo, Maverick había intentado sentarla en una esquina de la mesa, lejos de su abuela y de todo el mundo. Pero Nell había insistido personalmente en sentarse junto a la joven secretaria de su nieto, tomándola de la mano para mostrar su incorruptible decisión. A la vista de la situación, lo único que había podido hacer Maverick había sido sentarse al otro lado de su abuela para mantenerse a la escucha y velar por sus intereses.

–Lo siento, Nell –se disculpó Tegan, de vuelta a la realidad–. ¿Qué decías?

–Te había preguntado qué querías por Navidad.

–Nada especial –dijo Tegan sin poder evitarlo, sonriendo ante la maravillosa inocencia de la anciana.

«Y menos ahora», pensó con amargura imaginando lo increíbles que habrían sido aquellas fiestas si todo se hubiera desarrollado de otra manera.

–Pues yo creo que Santa Claus traerá algo muy especial para ti en su trineo –dijo Nell posando su mano agrietada por la edad sobre la mano de la joven.

Tegan sonrió amablemente y agradeció internamente, con sinceridad, el optimismo de la anciana.

Pero lo que ella quería para Navidad nunca lo tendría. Maverick se había encargado de dejárselo muy claro, había destruido todo resquicio de esperanza. Nunca la perdonaría. Jamás.

–Yo sé lo que tú necesitas –insistió Nell, dispuesta a animar a la secretaria de su nieto a toda costa–. Pasadme la botella de champán. La copa de Vanessa está vacía.

Tomando la botella, Phil Rogerson llenó la copa de Nell preguntándose por qué había llamado la abuela de James Maverick a la secretaria de su nieto, Vanessa.

–No, gracias –dijo Tegan tapando con la mano su copa cuando Rogerson se dispuso a llenarla–. Mejor no.

Lo último que necesitaba en aquel momento era alcohol corriendo por sus venas y agitándole el estómago todavía más.

Viendo que Nell no le quitaba el ojo de encima, Tegan recordó felizmente un pequeño regalo que le había comprado a la anciana y lo sacó para desviar por un momento su atención.

–Estaba guardando esto para cuando terminaran los postres, pero creo que ahora también es buen momento –dijo Tegan–. Sólo es un pequeño detalle, pero espero que te guste. ¡Feliz Navidad, Nell!

–¡Oh! ¡Me encantan los regalos! –exclamó la mujer aplaudiendo con las manos temblorosas y los ojos húmedos por la emoción–. ¿Qué es?

–Ábrelo y lo verás –dijo Tegan.

Nell rasgó el papel que envolvía la pequeña cajita con la ansiedad de una niña de seis años. A pesar de todas las preocupaciones y problemas que tenía en la cabeza, Tegan no pudo sino sonreír ante la genuina expresión de emoción de la mujer.

–¡Es precioso! –exclamó Nell–. ¡Mira, Maverick! ¡Mira el regalo que me ha hecho Vanessa! –dijo casi gritando mostrándole a su nieto un pequeño camafeo dorado.

–Déjame ponértelo –dijo él tomándolo de las manos de su abuela y ajustándoselo en la solapa.

–Tiene más de cien años –comentó Tegan, contenta porque su regalo hubiera sido tan bien recibido.

–¡Cielos! ¡Es casi tan viejo como yo! –exclamó Nell haciendo que toda la mesa se echara a reír–. Me encanta –añadió tomando de nuevo la mano de Tegan–. Eres una chica adorable. ¿No es verdad? –preguntó dirigiéndose a su nieto.

Maverick aprovechó que justo en ese momento habían empezado a servir los postres para no responder. Lo que tenía en la cabeza no era apto para ser dicho delante de tanta gente.

Había estado observando a Tegan en todo momento. Apenas había tocado la comida. No había bebido ni una gota de alcohol. Era evidente que la situación era incómoda, pero su conducta también parecía motivada por otra razón.

¿Sería verdad que llevaba un hijo suyo dentro de su vientre?

Después de la desagradable experiencia que había tenido con Tina, Maverick se había prometido a sí mismo que nunca más volvería a dejarse impresionar, ni chantajear, por ninguna mujer que acudiera a él afirmando haberse quedado embarazada de un hijo suyo. Cuando Tegan le había contado todo aquella mañana, había sido aquella remota sensación de furia, de humillación y defensa propia, la que había acudido a él como un escudo protector.

Sin embargo, allí sentado, mirando a Tegan, descubrió que sentía algo extraño. Mientras que con Tina todo había sido desagradable, a pesar de haber terminado por descubrir que todo era mentira, con aquella chica estaba empezando a experimentar algo parecido al orgullo. El orgullo de que ella llevara dentro un hijo suyo.

¿Por qué aquella mujer provocaba en él sentimientos tan contradictorios? Tenía ganas de gritarla, de humillarla por todo lo que le había hecho, por todas las mentiras que le había dicho durante todas aquellas semanas. Sin embargo, al mismo tiempo, sentía la necesidad de protegerla, de abrazarla para que nada la afectase.

Cuando Tegan se disculpó un momento para ir al servicio, Nell se inclinó levemente sobre su nieto.

–Tu madre se comportaba igual –dijo la anciana.

–¿A quién te refieres? –preguntó Maverick.

–A Vanessa. No bebe nada. No come nada. Tu madre hacía lo mismo cuando se quedó embarazada de ti. Yo, en cambio, lo hice justo al contrario, ya me conoces. Nunca tuve náuseas, ni vómitos, ni… ¡Maverick! ¿Dónde vas?

Capítulo 12

TEGAN se cubrió la cara con una toalla húmeda. No se sentía mal, no le habían entrado náuseas. Simplemente, había necesitado refugiarse en el cuarto de baño un momento para estar sola.

Preocupada por el tiempo que llevaba allí, pensando que Maverick era capaz de montar una escena si se retrasaba demasiado, Tegan dejó la toalla en su sitio y salió por la puerta camino de la mesa donde se estaba celebrando la fiesta. Pero, antes de llegar, fue a Phil Rogerson a quien se encontró.

–¿Te ha gustado la comida? –le preguntó Rogerson.

Tegan asintió sonriendo y se dio cuenta de que aquélla sería, con toda seguridad, la última vez que vería a aquel hombre.

–Por cierto, quería preguntarte algo –dijo Rogerson–. ¿Por qué Nell te ha llamado Vanessa?

–Dice que no tengo pinta de llamarme Morgan –sonrió Tegan.

–¡Muy bueno! –se rió Rogerson–. Nell es todo un personaje.

Mientras el constructor se reía, Tegan miró a su alrededor y comprobó que no había nadie cerca. Tenía que aprovechar el momento.

–Phil… Mmm… –empezó Tegan–. Me gustaría decirte algo. ¿Tienes un momento?

–Claro, querida –aceptó Rogerson indicando con la mano una agradable zona en la terraza del restaurante con un par de sillones donde podrían hablar con tranquilidad–. Podemos sentarnos allí, si te parece.

–Y ésa es la historia –terminó Tegan esperando la reacción de Rogerson–. Siento haberte decepcionado, Phil, de verdad. Odio haberlo hecho, pero en aquel momento no vi otra opción. Pensé que debías saberlo por mí antes de enterarte por otra persona.

–Bueno –dijo Rogerson posando una mano en el hombro de Tegan–. Si te sirve de consuelo, siempre tuve la sensación de que algo no encajaba. Aquella conversación sobre mi hijo… Sabías demasiado sobre Sam, sobre el trabajo que hacía en Somalia, para ser simplemente de lo que te había contado tu hermana. Pero ahora que me has dicho que tienes una hermana gemela… Todo encaja. ¿Qué ocurrirá contigo ahora que todo ha salido a la luz?

–Para ser sincera, no lo sé. Sé que he traicionado a mucha gente. Tengo tantas cosas que arreglar…

–Si alguna vez necesitas un trabajo –dijo Rogerson tomando las manos de Tegan–, llámame. Volverás a estar en la brecha en menos de que cante un gallo.

–Muchísimas gracias, Phil. Me siento tan culpable… Entiéndelo, tenía que contártelo para que lo comprendieras.

–Me alegro de que lo hayas hecho, es un gesto

que me halaga. Además, debes de querer mucho a tu hermana y tu hermana a ti para haber hecho algo así por ella. Y no lo olvides, Doris todavía está deseando ver a tu hermana…. ¡perdón! –se corrigió a sí mismo Rogerson–. Sigue deseando verte para que le cuentes más cosas de Sam. Por cierto, ¿sabes que llamó ayer? Viene a casa dentro de tres meses. Doris está muy feliz.

Rogerson le dio un beso en la mejilla antes de levantarse, darle ánimos y volver a la mesa.

Alegrándose por lo contento que estaba Rogerson por la inminente visita de su hijo, Tegan se levantó y se apoyó en la barandilla de la terraza cerrando los ojos, sintiendo la brisa del océano bañar su cara. Era el primer momento de relajación que tenía en todo el día.

–¿Se puede saber de qué demonios estabais hablando?

Era la voz de Maverick, justo detrás de ella.

–¡Maverick! Sólo quería que Phil supiera…

–¿Igual que querías que lo supiera Nell? –preguntó él con los ojos llenos de furia.

–¿Nell? ¿De qué hablas?

–Sabía que lo harías. Lo habías planeado todo desde el principio, ¿verdad?

–¿Me puedes decir de una vez de qué estás hablando?

–Nell sabe que estás embarazada. Y deduzco que Rogerson también. Dentro de unas horas, lo sabrá todo el país.

–¿Qué? ¿Que sabe que estoy embarazada?

–Sí, no te hagas la tonta. ¿Cómo crees que se habrá enterado?

–Yo no le he dicho nada.

–Sabía que no podía confiar en ti. Te lo dije, te lo advertí, y a pesar de todo lo has hecho. Nunca debí haberte traído a esta comida.

–¡Mira! ¡Por una vez estamos de acuerdo en algo! Yo no quería venir, ¿recuerdas? Y tú insististe, como siempre, para salirte con la tuya. Ahora bien, dejemos una cosa bien clara. ¡Yo no le he dicho nada a Nell!

–¿Entonces cómo lo sabe?

–¿A mí qué me cuentas? Tal vez se haya fijado en que no bebía alcohol ni comía nada, se haya fijado en lo pálida que estoy, y lo haya deducido. ¿Por qué no le preguntas a ella en lugar de acusarme a mí?

–No tienes tan mal aspecto.

–Por fuera no lo sé, por dentro estoy bastante mal –dijo agarrándose al respaldo de una silla para tomar aire.

–¿Qué le estabas contando entonces a Rogerson?

Tegan se estaba empezando a sentir cada vez peor. Lo último que necesitaba en aquel momento era una discusión o un interrogatorio.

–Le dije que en realidad yo no soy Morgan. Tenía que pedirle perdón.

–Y después le dijiste que estás embarazada, ¿verdad?

–¡No! ¿Cuál es tu problema, Maverick? ¿Es que no escuchas? Sólo lo sabemos mi hermana, tú y yo.

–Cualquier cosa que hagas será inútil, ya he estado en esta situación. Hagas lo que hagas, se lo digas a quien se lo digas, no conseguirás que me case contigo.

–Por última vez, ¡no se lo he dicho a nadie! No

quiero presionarte para que te cases conmigo, no quiero forzarte a nada, no quiero nada. ¡Nada!

—No te creo.

—Cree lo que te dé la gana —replicó Tegan empezando a sentir náuseas—. De hecho, creo que, ahora mismo, no me casaría contigo aunque fueras el último hombre que quedara sobre la faz de la tierra —añadió irguiéndose, dispuesta a regresar al cuarto de baño.

Ignorándola con un gesto de la mano, Maverick regresó a la mesa con los demás justo cuando servían el café.

Para cuando sirvieron las copas, Tegan aún no había vuelto.

¿Dónde se había metido?

Todavía no había terminado con ella. Ni siquiera había empezado. Tenía que pagar por todos los problemas que le estaba causando. Le había mentido durante siete semanas, se había hecho pasar por su secretaria y le había ocultado su embarazo. Maverick estaba furioso.

Sin embargo, por otra parte, durante aquellas semanas, aquella mujer, se llamara como se llamase, había conseguido hacerle sentir cosas que jamás había experimentado. La había tenido entre sus brazos noches enteras. Había sido toda suya.

¿Dónde estaba ahora?

¿Dónde se había metido?

Maverick se levantó y se lo preguntó al camarero, que le dijo que hacía más de veinte minutos que Tegan había pedido un taxi.

¡Se había ido!

Se le heló el corazón de repente, lleno de amargura. Había dado en el clavo. Había adivinado lo que ella se proponía y sólo le había dejado la opción de huir.

Pero no podía permitirlo. Por mucho que ella afirmara no querer nada de él, no podía dejar que se saliera con la suya. Al fin y al cabo, era el padre del hijo que llevaba dentro.

No se libraría de él tan fácilmente.

En cuanto terminara la comida, llevaría a Nell a la residencia e iría de nuevo a casa de Morgan y Tegan.

–¡Le odio! –gritó Tegan sentada en el sofá del apartamento de Morgan, con la cabeza inclinada hacia atrás y los ojos cerrados.

–Vaya cambio –comentó Morgan, que había puesto a calentar un poco de agua para hacerle un té a su hermana–. Y eso que ayer estabas enamorada de él.

–Eso fue antes de que me acusara de decirle a todo el mundo que estoy embarazada de él.

–¿Qué? ¿Por qué se le ha ocurrido una estupidez semejante?

–Cree que intento hacerle algún tipo de chantaje para que se case conmigo. La confianza que tenía en mí ha desaparecido por completo. Aunque en eso, en realidad, no puedo culparle –dijo llevándose la mano a la tripa–. ¡Cielos! ¡Me duele mucho! ¿Esto es normal?

–No lo sé –admitió Morgan–. ¿Puedo ayudarte en algo?

–No, soy yo quien debería estar ayudándote con tu pierna.

–Bueno, entonces nos cuidaremos la una a la otra –sonrió Morgan.

–Gracias, hermanita. Siento que hayas vuelto a casa para encontrarte con todo este lío.

–Pero estoy en casa. Es mucho mejor que pasar las Navidades en un hospital a miles de kilómetros de distancia. Además, no perdamos la esperanza. Puede que Santa Claus exista de verdad y mañana nos traiga algún regalo.

–¡Oh! ¡Otra vez! –exclamó con un gesto de dolor.

Tegan se inclinó sobre sí misma para intentar combatir la punzada que le había dado en el vientre, pero, entonces, empezó a marearse, todo se volvió negro y cayó desmayada sobre el suelo del apartamento.

–¡Feliz Navidad! –exclamaron dos ancianas al unísono cuando Maverick salió del coche.

Haciendo un esfuerzo por sonreírlas, Maverick avanzó por el estrecho camino que llevaba al apartamento de Tegan. Necesitaba verla de nuevo.

Al llegar a la puerta, llamó con determinación.

Esperó unos segundos, pero nadie respondió.

Lo intentó varias veces, sin éxito.

–¿Está usted buscando a las hermanas Fielding?

Maverick se dio la vuelta y vio detrás de él a las dos ancianas que le habían dado el recibimiento al bajarse del coche.

–Sólo a una de ellas –dijo él volviendo a llamar a la puerta.

–Me temo que se lo ha perdido usted todo.

–¿Qué me he perdido? –preguntó dándose la vuelta.

–La ambulancia se fue hace ya más de media hora. Estaba todo lleno de sirenas y luces. Precisamente le estaba contando ahora mismo a mi amiga Deidre Garrett que…

–¿Ambulancia? –la interrumpió Maverick asustado–. ¿Qué ha pasado? ¿Quién está mal?

–Eso es lo que estábamos discutiendo ahora mismo. No estoy segura de cuál de las dos estaba mal.

–Yo tampoco, la verdad –dijo la otra mujer.

–Entonces, díganme qué ha ocurrido exactamente –dijo Maverick intentando tener paciencia.

–No estamos seguras. A una de ellas la metieron en la ambulancia en una camilla. Estaba llena de tubos por todas partes. La otra iba cojeando al lado de su hermana.

–¿Cojeando?

–Sí, tenía una escayola. Tampoco parecía estar muy bien. El caso es que se subió a la ambulancia con su hermana.

¡Tegan!

¡La que estaba llena de tubos era Tegan!

Algo le había pasado.

¡El bebé!

Dándoles las gracias apresuradamente a las dos mujeres, Maverick entró en el coche y arrancó a toda velocidad.

Debían de haberla llevado al Gold Coast Central. Era el hospital más grande de los alrededores y el que tenía la mejor unidad de urgencias de la zona.

Tenía que estar allí.

¿Qué le habría pasado?

Se había ido de la comida sin decir nada.

¿Qué iba a hacer él si a ella le pasaba algo?

Tegan. Y llevaba su hijo dentro…

¿Era eso lo que había pasado? ¿Había perdido el bebé?

«Dios, por favor, que no sea así», rogó Maverick con toda su alma mientras recorría las calles a toda velocidad.

Tenía que verla.

Tenía que pedirle perdón, decirle lo arrepentido que estaba por todo lo que había ocurrido.

Tegan.

«Por favor, Señor, haz que no sea ya demasiado tarde», rogó de nuevo mirando al cielo.

Capítulo 13

MORGAN! –exclamó Maverick corriendo por el pasillo del hospital al ver a su secretaria en la sala de espera–. ¿Qué ha pasado?

–¡Maverick! –dijo ella sorprendida–. No esperaba verte aquí.

–¿Cómo está? –preguntó sin aliento– ¿Puedo verla? Tengo que hablar con ella.

–No creo que te dejen.

–¿Es el bebé?

–Algo le ha sentado mal –explicó Morgan negando con la cabeza–. Estaba completamente deshidratada. Se desmayó en el suelo. Debió de comer algo en malas condiciones.

–Es culpa mía –dijo intentando recuperar la respiración–. Apenas probó bocado y encima yo me enfadé con ella. No me extraña que le haya pasado esto.

–Si te sirve de consuelo, creo que la culpa es mía. Esta mañana la obligué a desayunar unos huevos fritos. Creí que le sentarían bien, pero los médicos me han dicho que, seguramente, ésa fue la causa.

–Entonces… ¿El bebé está bien?

–Está perfectamente.

–¡Gracias a Dios! –exclamó Maverick derrumbándose en un sofá.

–Mi hermana piensa que estás enfadado con ella –dijo Morgan dejando las muletas a un lado y sentándose junto a él.

–Lo estaba –dijo Maverick cerrando los ojos para intentar apaciguar el sentimiento de culpabilidad que tenía–. Estaba muy enfadado.

–Pero la quieres de verdad, ¿no es eso? Quiero decir… Debes de quererla, en caso contrario no estarías aquí, no te importaría.

Una descarga eléctrica recorrió su cuerpo. Cuando volvió a abrir los ojos y miró el largo pasillo que se abría ante él, lo vio distinto. Todo parecía distinto. Más brillante. Algo había cambiado.

Se sentía diferente.

Estaba enamorado de Tegan. La amaba más allá de la pasión y del deseo.

¿Cómo no se había dado cuenta antes? ¿Cómo había estado tan ciego?

–La quiero –dijo con voz trémula.

Al decirlo en voz alta, pareció más real. Era la primera vez que decía algo así en su vida.

–La quiero –repitió con más convicción.

–Entonces, creo que deberías decírselo. Cuando llegó esta tarde de la comida, estaba destrozada.

Maverick asintió y volvió a cerrar los ojos. Todo era culpa suya. Se había comportado como un miserable.

–No sé si querrá verte –dijo Morgan.

–¿Qué quieres?

Morgan había logrado convencer a su hermana para que hablara con él. Pero las primeras palabras de Tegan habían dejado claro lo enfadada que estaba con él.

Maverick se había pasado la noche pensando en las últimas siete semanas. En todo lo que ella le había dicho, intentando comprender.

Ella había tenido razón en todo lo que había dicho. Había intentado contarle todo, pero él la había interrumpido sin darse cuenta. No le había dado la oportunidad de explicarse. Y, al hacerlo, la había obligado a seguir con aquella representación.

A la mañana siguiente, Maverick había entrado en la habitación con los nervios a flor de piel. Tegan yacía sobre una cama, con la cabeza sobre varias almohadas. Tenía el rostro pálido, y los brazos conectados a varios tubos de suero, pero los ojos llenos de determinación.

—Tegan —titubeó Maverick acercándose a ella.

—Debo advertirte que no he tenido más remedio que decirles a los médicos que estaba embarazada. Siento si no te gusta, pero les he pedido que guarden el secreto profesional.

Maverick aguantó la respiración apesadumbrado. Se lo merecía. Se merecía todo cuanto ella le dijera.

—¿Cómo estás?

—Perfectamente. Son las mejores Navidades que he pasado nunca. ¿No lo ves?

—Me han dicho que el bebé está bien.

—¡Vaya! ¿De repente te preocupas por él? Eso es nuevo. ¿Para qué has venido, Maverick? ¿Para hacerme sentir peor? ¿Para seguir acusándome de todo? Si es así, por favor, vete. Sólo he accedido a verte porque me lo ha pedido mi hermana.

—No —dijo Maverick acercándose a la cama—. No

quiero hacerte sentir pcor. He venido para ver cómo estabas. Cuando me enteré de que te habían ingresado en el hospital, casi me vuelvo loco. Tenía que verte. Tenía que decirte cuánto lo siento. Tenía que decirte que algo ha cambiado.

–¿Qué pasa? ¿Ahora sí quieres el bebé? Pues lo siento, pero eso ya no es negociable.

–No, lo que quería decirte es que ayer por la noche comprendí algo importante. Te quiero, Tegan. Estoy enamorado de ti.

Por un instante, ella no reaccionó, no dijo nada.

–¿Qué es esto? –preguntó finalmente–. ¿Una broma? Porque, si en realidad me quieres, tienes una forma muy curiosa de demostrarlo.

–Tegan, perdóname. Siento mucho todas las cosas que te he dicho y cómo te he tratado estos últimos días. Nunca debería haberme comportado como lo hice, sabiendo que estabas delicada de salud, que estabas débil. Debería haber estado a tu lado.

–Me dijiste que lo único que yo quería era decirle a todo el mundo que estaba embarazada para conseguir que acabaras casándote conmigo.

–Hay una explicación para eso –dijo Maverick bajando la mirada avergonzado.

–¿En serio?

–Ya te he hablado de Tina.

–¿La secretaria que consiguió convertirte en un cínico? Sí, me contaste que te mintió, que se quedó embarazada.

–Efectivamente, eso es lo que hizo.

–¡Igual que yo! Yo también te mentí, yo también me he quedado embarazada. ¿Qué diferencia hay?

–No es lo mismo –dijo Maverick respirando profundamente–. Verás, Tina era griega, una mujer muy hermosa. Una noche, nos habíamos quedado a trabajar hasta tarde cuando ella empezó a insinuarse. Una cosa llevó a la otra, y… El caso es que algunas semanas después, Tina me dijo que se había quedado embarazada, que el bebé era mío y que, de no casarme con ella, su familia la desheredaría. Yo la creí, creí en su palabra, no tenía motivos para lo contrario. Así que hice la única cosa honorable que podía hacer, le dije que me casaría con ella.

–¿Y qué pasó?

–Poco antes de la boda, la oí por casualidad hablando con una amiga. Le estaba contando con qué facilidad había conseguido engañarme. Añadió que ya había pedido cita en una clínica abortista para deshacerse del bebé en cuanto se casara conmigo.

–Dios mío… ¿Cómo pudo hacer una cosa así?

–Cuando me di cuenta de que estabas embarazada, lo único que me vino a la cabeza fue Tina. Fue un error por mi parte, un error dejar que aquella mujer enturbiara mi relación contigo. No pretendo excusarme, pero sí me gustaría que entendieras por qué actué como lo hice. Fue un error, un completo error, lo admito.

Tegan, sin abrir la boca, lo miró mientras daba otro paso más y se sentaba en una esquina de la cama.

–Siento que tuvieras que enterarte de toda la historia como lo hiciste, de repente –admitió Tegan–. Intenté decírtelo varias veces.

–Lo sé. Y yo no te escuché ni una sola vez.

–¿De verdad estás hablando sinceramente? –le preguntó Tegan tomándole de la mano.

–Hasta ayer no me había dado cuenta de nada

–dijo él acariciándole el dorso de la mano lentamente con las yemas de los dedos–. Estaba demasiado enfadado, no veía más allá de mi propia ira y
de mis propios prejuicios. No te veía a ti, sólo a
Tina, a Tina y a sus podridas mentiras. Pero ahora
todo es diferente. Me he dado cuenta de cómo son
las cosas. He pensado en el tiempo que hemos pasado juntos y he recordado todas las ocasiones en
las que intentaste advertirme, contarme la verdad.
Ahora, todo tiene sentido.

–Maverick… Verás… No he sido completamente
sincera contigo.

–¿A qué te refieres? ¿No es hijo mío?

–Sí, sí, por supuesto que lo es. No hay nadie más
en mi vida. Sólo tú. Pero... ¿recuerdas cuando me
contaste lo de Tina? Acababas de regresar de Milán.
Te pregunté sobre ella porque quería saber cómo actuar contigo, necesitaba saber lo que sentías por mí
antes de decirte que me había quedado embarazada
–suspiró–. A todas aquellas preguntas me respondiste
de dos formas. Por un lado, me dijiste que era una
falsa, una mentirosa. Por otro, que se había quedado
embarazada. Me asusté mucho, porque yo había hecho lo mismo que ella. Entonces, aprovechando que
te habían llamado por teléfono, me levanté de la cama
y me vestí. Sabía que, en cuanto te lo contara todo, te
enfadarías y me echarías de tu casa. Pero, entonces,
Nell te pidió que yo asistiera a la comida de Navidad,
tú insististe y yo me dije a mí misma que era algo que
podía hacer por Nell. Pero, en realidad, la llamada de
tu abuela me había dado una excusa para postergar lo
inevitable y no tener que decírtelo por el momento.

–Entiendo.

–No, no lo entiendes. No lo hice por Nell. O, al menos, ella no fue la razón más importante. Lo hice por mí, para poder seguir estando contigo dos semanas más, para poder seguir siendo tu amante. No me malinterpretes. Adoro a Nell, me parece una mujer extraordinaria. Pero, si tengo que elegir, prefiero estar contigo. Quería seguir siendo feliz dos semanas más, no podía soportar la idea de perderte, y sabía que, en cuanto te lo contara todo, me dejarías en el acto. Sabía que, al tomar aquella decisión, estaba corriendo un riesgo. Lo sabía. Pero valía la pena si eso significaba estar contigo. Y valió la pena, aunque te acabaras enterando de todo de aquella forma tan horrible.

–Lo siento mucho si me comporté mal aquel día.

–Comprendo que lo hicieras, yo habría reaccionado de la misma manera. No te dejé otra opción. Te había estado mintiendo desde el principio. Si me odias, es culpa mía, tengo que aceptarlo.

–¿No has escuchado lo que te he dicho antes? No te odio, te amo.

–No puede ser –dijo Tegan negando también con la cabeza–. ¿Cómo puedes decir algo así después de todo lo que ha pasado? No tienes por qué ser amable conmigo sólo porque estoy tumbada en la cama de un hospital y es Navidad. No voy a obligarte a que te cases conmigo. No tienes que fingir. De verdad.

–No estoy siendo amable, ni fingiendo nada. Y sé que, si fuera el último hombre sobre la faz de la tierra, no te casarías conmigo –dijo sonriendo–. Pero me estaba preguntando, si…

Maverick tomó las manos de Tegan entre las suyas delicadamente, teniendo cuidado para no desprender ninguno de los tubos que tenía conectados en los brazos.

–Me estaba preguntando, si considerarías casarte conmigo ahora, aprovechando que no soy el último hombre sobre la faz de la tierra.

–¿Me estás pidiendo que me case contigo? –preguntó Tegan abriendo los ojos como si acabara de despertarse.

–No –contestó él–. Te estoy suplicando que te cases conmigo.

–¿Por qué? ¿Porque voy a tener un hijo tuyo?

–No, el bebé es sólo un aliciente más. Quiero casarme contigo porque te quiero, porque no puedo soportar la idea de vivir sin ti.

–¿Me quieres de verdad?

–Con todo mi corazón y toda mi alma.

–¡Claro que me casaré contigo! –exclamó Tegan abrazándolo–. Te he querido desde hace tanto tiempo…

–¿Ah, sí? –dijo Maverick sujetándola por los hombros–. ¿Por qué no me lo dijiste?

–¿Cómo iba a decírtelo si ni siquiera era yo misma? Además, te recuerdo que me dijiste que lo nuestro no duraría más de dos semanas.

–Lo nuestro nunca se acabará. Te lo prometo.

–Me gustaría tanto creerte…

–Tal vez esto te convenza –murmuró él posando suavemente sus labios sobre los de ella.

Y en aquel beso puso toda la pasión que llevaba dentro, todo el respeto que ella se merecía y todo el amor que sentía.

–¿Va todo bien por aquí? –preguntó de pronto desde la puerta una enfermera–. ¿Está este hombre molestándola, señorita Fielding? Su hermana me pidió que viniera a comprobar que estaba usted bien.

–No –contestó Tegan mirando los ojos del hombre al que amaba, los ojos del hombre con quien se iba a casar–. No me está molestando en absoluto. Puede decirle a mi hermana que todo va a las mil maravillas. ¡Ah! ¿Sabe qué más puede decirle?

–¿Qué? –preguntó la enfermera con la mano en el picaporte de la puerta.

Sin dejar de mirarlo, Tegan sonrió a aquel hombre increíble. Y él guardaría para siempre aquella sonrisa. La atesoraría en un lugar seguro de su corazón, hasta el día de su muerte, como lo más preciado que le habían dado en toda su vida.

–Puede decirle que es verdad. Que ella tenía razón. Que Santa Claus existe.

Epílogo

MAVERICK no podía soportar que le hicieran esperar. Odiaba no tener todo bajo control, sentirse indefenso. Pero, sobre todo, lo que más odiaba era ver cómo la mujer a la que amaba se debatía entre contracciones y sudores, con un gesto de dolor infinito.

«Qué afortunado soy de ser hombre y no tener que pasar por algo así», pensó.

Y, entonces, con un empujón desesperado, Tegan suspiró aliviada y el bebé salió de su vientre llorando.

Su hijo acababa de nacer.

Maverick apretó la mano de Tegan y la miró con todo su amor mientras una enfermera cortaba el cordón umbilical.

—Enhorabuena —dijo la matrona con una amplia sonrisa—. Acaban ustedes de tener una niña preciosa.

—¡Nell tenía razón! —exclamó ella extendiendo los brazos para recibir emocionada a su bebé—. Es una niña.

Era guapísima, con unos mechones sueltos de pelo moreno iluminando su cara, una boquita pequeña y unos profundos ojos azules que miraban a su madre fascinados.

Maverick, como si volviera a tener cinco años, se

echó a llorar. Nunca antes había visto una escena tan conmovedora como aquélla. La mujer a la que amaba apretaba contra su pecho al bebé que acababan de tener, fruto del amor que se profesaban mutuamente.

Su mujer.

Su hija.

Su felicidad.

—Es preciosa —murmuró Maverick con el rostro lleno de lágrimas besando a su hija—. Es tan guapa como su madre.

Los médicos fueron abandonando poco a poco el paritorio hasta dejar sola a la feliz familia.

La pequeña agarró con su manita el dedo de Maverick y él sintió un estremecimiento en todo el cuerpo. Una cosita tan pequeña, tan frágil y con tan poca fuerza, rodeando su dedo con su diminuta manita, había rodeado su corazón con un cerco inexpugnable. Lo había dejado sin defensas. Había conseguido, con un simple gesto, hacerlo suyo para siempre.

—¿Cómo la vamos a llamar, cariño?

—También en eso Nell me dio una idea —contestó Tegan—. Dado que es nuestro particular regalo de Navidad, podemos llamarla Holly. Holly Eleanor.

—¿Holly Eleanor? Me encanta.

Maverick observó a su mujer. Su rostro se había distendido, se había liberado de los gestos de dolor que lo habían poblado tan sólo unos minutos atrás y se había llenado de alegría, de una inmensa felicidad. Nunca antes había sentido tanta admiración por nadie como la que sentía en aquellos momentos por Tegan.

–Lo has hecho muy bien –dijo Maverick–. Ojalá hubiera podido hacer algo para ayudarte.

–Sostuviste mi mano todo el tiempo –dijo ella sonriendo–. Eso es todo cuanto necesitaba. Gracias.

–No, gracias a ti. Tú me has salvado. Las pasadas Navidades, como tú dijiste, yo no era más que un cínico y engreído hombre de negocios.

–¿De verdad yo te dije eso? –preguntó Tegan riendo.

–Sí, y tenías razón. Lo único que me importaba era el proyecto del Royalty Cove, hacer mucho dinero y tener éxito.

–¡Te preocupabas por Nell! Y no hay nada de malo en desear que el Royalty Cove sea un éxito. De hecho, ya es un éxito. ¿Por qué si no iba Zeppabanca a proponerte repetir el proyecto en Italia?

–Tendrán que hacerlo sin mí. Le he dicho a Rogerson que, en esta ocasión, tendrá que ser él quien lidere el proyecto.

–Pero es tu idea, todo por lo que has luchado.

–Sólo porque no sabía qué hacer con mi vida. Ya no necesito más dinero. Te tengo a ti. Tú me has descubierto lo más maravilloso de este mundo, el amor, tu amor. Te amo por haberme salvado. Te amo con todo mi corazón y toda mi alma. Y hoy, con el nacimiento de nuestra hija, te amo todavía más.

–Eres el padre de mi hija. Algunas veces, siento que te he estado amando toda la vida. Que todos estos años no he hecho otra cosa que esperarte.

–Nunca pensé que llegaría a decir esto, pero me alegro de que Morgan no me hiciera caso y se tomara esa semana de vacaciones para ir a la boda de su amiga. Recuérdame que le dé las gracias la próxima vez que la vea.

Maverick se acercó para besarla, pero, entonces, el bebé empezó a llorar y Tegan se echó a reír.

–¿Qué pasa, pequeña? –dijo Tegan–. ¿Tienes celos? –añadió acariciando su pequeña cabecita–. No te preocupes, Holly, van a ser unas Navidades maravillosas. ¿Verdad, Maverick?

–Con vosotras, todos los días de mi vida serán maravillosos.

Y así fue.

Bianca™

Sólo la seducción le ayudaría a saldar viejas deudas...

Antonio Díaz había tomado la decisión de vengarse: seduciría a la inocente hija de su enemigo y luego se casaría con ella. Llevar a cabo el plan no iba a ser ninguna tortura porque Emily Fairfax era tan bella como inocente.

Emily no tardó en darse cuenta de que Antonio estaba chantajeándola, pero no podía evitar que su cuerpo la traicionara cada noche, cuando la pasión hacía que se olvidara de la ira y se dejara llevar por el deseo.

Días de ira, noches de pasión

Jacqueline Baird

Acepte 2 de nuestras mejores novelas de amor GRATIS

¡Y reciba un regalo sorpresa!

Oferta especial de tiempo limitado

Rellene el cupón y envíelo a
Harlequin Reader Service®
3010 Walden Ave.
P.O. Box 1867
Buffalo, N.Y. 14240-1867

¡Sí! Por favor, envíenme 2 novelas de amor de Harlequin (1 Bianca® y 1 Deseo®) gratis, más el regalo sorpresa. Luego remítanme 4 novelas nuevas todos los meses, las cuales recibiré mucho antes de que aparezcan en librerías, y factúrenme al bajo precio de $3,24 cada una, más $0,25 por envío e impuesto de ventas, si corresponde*. Este es el precio total, y es un ahorro de casi el 20% sobre el precio de portada. !Una oferta excelente! Entiendo que el hecho de aceptar estos libros y el regalo no me obliga en forma alguna a la compra de libros adicionales. Y también que puedo devolver cualquier envío y cancelar en cualquier momento. Aún si decido no comprar ningún otro libro de Harlequin, los 2 libros gratis y el regalo sorpresa son míos para siempre.

416 LBN DU7N

Nombre y apellido	(Por favor, letra de molde)
Dirección	Apartamento No.
Ciudad	Estado

Zona postal

Esta oferta se limita a un pedido por hogar y no está disponible para los subscriptores actuales de Deseo® y Bianca®.
*Los términos y precios quedan sujetos a cambios sin aviso previo.
Impuestos de ventas aplican en N.Y.

SPN-03

©2003 Harlequin Enterprises Limited

Corazón de piedra
Kay Thorpe

Estaba a punto de descubrir la fina línea que separaba el odio del amor

Todas las esperanzas de Kimberly Freeman se rompieron cuando viajó a África en busca de su prometido, del que llevaba semanas sin tener noticias. Descubrió que había iniciado una nueva vida con otra mujer y de pronto ella se encontró perdida y sin medios para regresar a Inglaterra.

La única persona que en esas circunstancias podía ayudarla era Dave Nelson, un hombre serio y rudo que le propuso algo totalmente inesperado que le permitiría sobrevivir en un medio desconocido y volver a su país. Lo que ella no imaginaba era el precio que tendría que pagar a cambio.

Deseo™

Tácticas de seducción

Emily McKay

Aquella pequeña abandonada a su
puerta era sin duda su hija, aunque lo
último que se esperaba Derek Messina
era que le dijeran que era padre. Pero
más aún le sorprendió el descubrimiento
de que su ayudante iba a abandonarlo.
A punto de realizar una importante fu-
sión empresarial, Derek no podía perder a Raina, la mujer que llevaba tantos
años organizándole la vida. Para impe-
dirlo, el poderoso empresario estaba
dispuesto a utilizar todas sus habilidades... incluyendo la seducción.

**De pronto descubrió que era padre...
y que iba a perder a la mujer más importante de su vida**